「楽しく三人で
身体を洗いっこ
しましょうね！」
「背中を流して
あげるわ……！」

ありあまる魔力で《異世界最強》
ワケあり美少女たちは俺がいないとダメらしい 1

十利ハレ
Ill. あゆま紗由

《リリティア》
《ヒグレ》
ヒグレに向けて
射出されたそれは──
ヒグレの腕の一振りで
掻き消された。
「【練風槍《オク・シュピラーレ》】──ッ」
《ミスティ》

「来ないで！　そのまま逃げてッ！」
《マイヒメ》
「おしまい、ですッッ！」
《ルルン》

「んはぁ……あれ？
ヒグレさんやっと起きたんですかぁ」
寝ぼけ眼を擦ると、
ぼやけた視界には
ローズピンクの髪を
揺らす美少女が映った。
「安心してください。
夜這いを
しただけです♡」

ありあまる魔力で異世界最強 1

ワケあり美少女たちは俺がいないとダメらしい

十利ハレ

OVERLAP

CONTENTS

Illustrator　あゆま紗由

プロローグ

背後から、魔法によって射出された鋭い土塊《つちくれ》が迫る。

ローズピンクの髪を肩のあたりまで伸ばした少女――リリティアは、身体《からだ》を捻《ひね》るも避け切れず、土塊は左腕を擦過。血しぶきが舞った。破砕音が響き、正面の樽《たる》が木っ端《こ ぱ》微塵《みじん》に砕ける。

「いたぞッ、逃がすな！」

夜空には煌々《こうこう》と輝く満月。

王都の深閑とした住宅街。

「はあはあ――っ」

その薄汚い裏路地を、リリティアは齢《よわい》六の幼女を抱えて走っていた。

抱えられた幼女が、不安そうにリリティアを見上げる。

額に玉のような汗を浮かべるリリティアは、心配いらないと八重歯を見せて笑った。

しかし、状況は芳しくない。

王都の奴隷商に売り払われそうになっていた淫魔種《サキュバス》の幼女を助けた。後悔はないし、それ自体はリリティアの目的にも合致するものだった。しかし、街中での魔法の行使は迂闊《うかつ》だったと思う。感情的になり過ぎた。髪の毛を引っ張られ、乱暴な扱いを受ける幼女を見て居ても立っても居られなくなったのだ。

追っ手は三人。いずれも、王国所属の魔道騎士だろう。

（魔力さえあれば、こんな雑魚《ざこ》秒で肉塊なのにッ）

追っ手を撒《ま》くため、進路を変えながら複雑な裏路地を走り続ける。

高い壁に阻まれ、息を呑《の》んで急停止。

「よし、追い詰めたぞ。くたばれ、希少種《ゴミども》！」

振り返れば、魔道騎士の男が魔法を放とうと腕を擡《もた》げていた。

しかし、それより数瞬速く、リリティアのなけなしの魔力を使った魔法が炸裂《さくれつ》する。

「――【火球《ファイヤ》】」

地裏から弾《はじ》け出そうなほどの巨大な火の球。人一人通るのが精一杯の裏路地に逃げ場はない。火球は地面をひた走り一直線。

「初級の汎用魔法でこんなッ、うあああああ――ッ!?」

彼ら自身が発動した攻撃魔法諸共《もろとも》――魔道騎士たちを飲み込んだ。

それから、追っ手を撒いたリリティアは息も絶え絶えで、セーフティーハウスまで逃げ帰る。

廃教会の祭壇の床を持ち上げ、隠し部屋へ繫《つな》がる階段を降りた。

部屋に入ると安堵感《あんどかん》から、リリティアは、その場に座り込む。

そこに、狐《きつね》のような獣耳を生やした白髪の少女――マイヒメが駆け寄った。

「リリ！　何があったの？　平気？」

マイヒメは、腕の傷と疲弊した様子を見て痛ましそうに目を伏せる。

マイヒメは基本的に無表情で、きょとんとしていることが多いが、その実、誰よりも仲間想《おも》いなのをリリティアは知っていた。

「はい、こんなの掠《かす》り傷《きず》です！　吸血鬼《ヴァンパイア》の治癒力は種族一！　それより、この子をお願いします」

リリティアは、マイヒメに助けた幼女を預けた。外傷はないが、まともに食事を取っていなかったのだろう。顔色は悪く、栄養失調気味であった。

こくりと頷《うなず》いたマイヒメは、幼女を抱えて部屋の中へ。

しばらくすると、とある一冊の本を持って戻ってきた。日焼けで状態の悪い、厚いカバーの魔道書だ。マイヒメは、魔道書の表紙をなぞりながら、口を開く。

「リリ。やっと手に入った、よ」

「それが例の禁書ですか⁉」

驚愕《きょうがく》するリリティアに、マイヒメはこくりと頷く。

「このままでは、消耗していくばかりで、わたしたち希少種に未来はない。妖狐種《ルナール》の王族であるわたし以外にも、強力な旗印《アイコン》が必要だと思うわ。わたしたちの希望に成り得る、異質なまでに目を魅《ひ》く力の象徴が」

普段は口数の少ないマイヒメが、瞳に強い意志を灯《とも》して熱弁する。

「……無休の箱《エリシオン》」

「無休の魔力を授け、願いを力と変える口づけを――それが、霊崩災害《れいほうさいがい》で魔力を失った、わたしたちに必要な力」

「わかりました！　とっても可愛《かわい》いリリちゃんにお任せください！」

「できるの……!?」

「はぁい！　たとえ、引き寄せた誰かを犠牲にしたとしても、私は私の仲間のために力を使います。だから、マイヒメちゃんは、いつも通りのマイヒメちゃんでいてください！」

「ん。じゃあ、リリに任せる」

言うと、マイヒメは魔道書をリリティアに託して、控えめな笑みを浮かべた。

◇

――特別な人間になりたかった。

佐々木《ささき》陽紅《ひぐれ》の十七年の人生は、あまりにも平凡だった。

特別裕福でも貧しくもない家庭に生まれ、普通に優しい両親に育てられた。きょうだいはいない。運動は人より少しできる自信があるが、学力は並み。

何かに執着を抱くような強い挫折経験もない。強いてあげるなら、高校受験で第一志望に落ちたことくらいで、それも実際に入学してしまえば何とも思わなくなった。

自分の人生には、何もない。

それがコンプレックスだった。

別に特別な才能とか、家柄とか、そんなものは望んではいなくて、例えば、身を焦がすような大失恋でも、不謹慎だが親しい者の死でも、生を渇望するような痛みでもよかった。

自分が特別だと思える何かが欲しかった。

でも、特別を望む己こそが、まるで平凡の象徴のようで心底恨めしかった。

もし、生まれ変わったら。

もし、来世があったら。

そんな夢想を毎日のようにする。

今の退屈や怠惰を脱ぎ去るためのきっかけが欲しい。

そうしたら、誰かのために命を懸けて、どんな状況でも前向きに、理想の自分を演じて、後ろを向く暇なんてないくらいに全力で日々を過ごすのだ。

なんて考えながら、陽紅は学校へ向かうため、今日も玄関の扉を開ける。

踏み出したその先は——知らない世界だった。

第一章　異世界召喚と変態吸血鬼

燦々《さんさん》と輝く太陽。清涼な風がヒグレの髪を通り抜ける。

左手側には、どこまでも続く平原が。

右手側には、鬱蒼《うっそう》とした森が広がっていた。

振り返っても、そこに家はない。

そして、目の前では嘘《うそ》のような美少女が軽快に飛び跳ねて喜びを表していた。

「おお、やりました！　成功です！　さっすがとっても可愛いリリちゃんです！　不器用だなんだと言われてきましたが、実は天才かもしれません！」

肩まで伸びたローズピンクの髪に、ルビーの瞳。雪のように白い肌。衣装は妙にエロティックで、コスプレっぽさもあったが、人間離れした彼女の容姿故か、それもよく似合っていた。

「ほほう。そういう期待はしてませんでしたが、これは中々……ふっへへっへ」

少女は瞳をキラキラと輝かせて、三百六十度ヒグレを見回している。

「ま、まさか、これって……」

ヒグレは、慌てて辺りを見回した。

平原の向こう側に聳《そび》える外壁に、またその向こうに連なる城や街。

やけに澄んだ空気に、目の前の美少女と、魔女や魔獣でも出そうな深い森。

装いは家を出た時と変わっておらず、高校の制服だ。特に身体に異変はない。お約束に倣って頬をつねってみるも、痛みは健在。

そうか。やはりこれは――。

「異世界転移ってヤツかあああああああ――っ！」

少女は、雄叫《おたけ》びを上げるヒグレの正面に回る。

演技めいた仕草で、右手を差し出してニコリ。

「はぁい！　身体に異常がないようで安心しました。私はリリティア。リリティア・スカーレットです！」

「えっと、ササキ・ヒグレだ。ヒグレが名前な」

あなたは？　と首を傾《かし》げるので、ヒグレは戸惑いながら答えた。

「ヒグレさんですね！　これから、長い付き合いになると思いますので、よろしくお願いしますね」

「君が俺を召喚したのか？」

「はぁい、そうですね！」

「つまり……俺は勇者的な!?」

「はい？」

「いや、だから、なんかこう特別な強い力があるから喚《よ》ばれたんじゃないのか？」

「えっと、そちらの世界のことは詳しく知らないんですけど、そういうものなんですか？」

「やっぱり定番は、魔王的なものと戦うために勇者を求めて召喚……とか」

「ほお、ヒグレさんは戦えるんですか？」

「い、いえ……戦えないっスね」

だが、しかし、日本の一般高校生であるヒグレが戦えないのは当たり前のことだ。

その前提で、足りない経験や知識を補ってあまりある力を与えられたりするものなのでは……と、ここまで考えて、特に力を授かる的なイベントも、この世界や役目についての説明もされなかったことに気づき、焦る。

「でも、ほら、あれなんじゃないの？　すっごいスキルが備わってたりさ、レベルがすっごい上がりやすかったり！　なんなら、もうカンストしてたり？」

「れべる？　すきる？　すみません、ちょっとよくわからないです」

「えっと……じゃあ、魔法だ！　そう、俺はスゴイ魔法が使えたり！」

「魔法を覚えてるんですか？」

「いえ……知識ゼロっスね」

どうも想像していた異世界転移とは違うようだ。

ヒグレは口元に手を当てて考え込む。

確かに、特に身体能力が上がった感じはしないし、他に身体《からだ》の変化も感じない。こう力が覚醒した実感のようなものもなければ、天から謎の声が聞こえてきたりもしない。

「え、じゃあ、俺はなんで喚ばれたんスかね」

「エサです」

リリティアの笑顔があまりにも完璧過ぎて、上手《うま》く聞き取れなかった。

「ん？」

「エ・サ・で・す♡」

今度はゆっくりと、さっき以上の笑顔で言った。

リリティアの鋭い八重歯がキラリと光る。

その姿は大層可愛らしかったが、内容は物騒が過ぎた。

「えさ？　えっさっほいさ……餌あああああ!?　誰の!?」

「私たちです♡」

「たち!?　たちって何!?」

「安心してください。かなりいいエサです」

「別にエサとしていい部類なのは、俺にとっては朗報じゃないよ!?」

「あ、大丈夫ですよ！　殺したりとかはないです！　むしろ、丁寧に迎え入れる所存ですから！」

「半永久的に食われるんだ！」

ヒグレは、頭を抱えてその場に蹲《うずくま》る。

異世界転移だとぶち上がったテンションが急降下。

それに拍車をかけるように、森の方から獣の雄叫びが響く。

視線をやると、全身真っ黒のドーベルマンのような獣が五匹現れる。瞳は深紅に染まっており、額には同じ色の結晶のような角が生えていた。

「おや、ヘルハウンドですね。シッチの森の魔獣が、ここまで出てくるなんて珍しい」

ヘルハウンドと呼ばれた、その獣は、ヒグレを見て涎《よだれ》を垂らす。ヒグレをエサと認識する個体が、更に増えた形となる。

三角座りをするヒグレは、もう半泣きであった。

「ああ……食べられるなら、まだ美少女がいいなあ」

リリティアとヘルハウンドを見比べて、ヒグレは現実逃避を始めた。

「んー、ヒグレさんの反応が面白いので、もう少しそのままでもいいですけど、エサという表現はよくなかったかもしれません。安心してください、私はあなたの味方ですよ」

リリティアは八重歯を見せて笑い、ヒグレの頭を撫《な》でる。

ヒグレの瞳からは徐々に光が失われていき、拗《す》ねるように口を尖《とが》らせていた。

「……そうやって、油断した隙に俺を食べるんだ」

「あはは、嫌だなあ。そんなことしなくても、力ずくで食べられますよぅ！」

「安心できない慰めだ！」

ヒグレが声を上げると、リリティアは彼を庇《かば》うように前に出た。

ヘルハウンドを見据えて、両手を前に突き出す。

「本当に味方なんですよぅ。それを今から証明しますね！　自己紹介も兼ねて、私の魔法のお披露目といきましょう！」

ぶわりとリリティアから熱気が溢《あふ》れ出た。

リリティアのローズピンクの髪が逆巻く。大きく息を吸い込めば、肺が爛《ただ》れてしまいそうなほどの熱に、ヒグレは思わず口元を覆った。

ヘルハウンドは直感でリリティアとの力量差を悟ったのか、身を縮こまらせる。しかし、魔獣とはそういうものなのか、地面を蹴り、リリティアへ突進して来た。

「リリティア！」

思わず手を伸ばすヒグレ。

応えるように、リリティアは得意げに口角を上げた。

リリティアが両腕を天へ掲げると、せり上がるように焔《ほのお》が立つ。

「――【炎ノ煉獄《インフエルノ》】」

リリティアを飾り立てるように舞う、ルビーの輝かしい炎。

ヒグレは、魔獣の脅威など忘れて、ただ、その美しい炎に見惚《みと》れていた。

それは太陽のようであった。渦を巻きながら球状にまとまった荒々しい炎は、ヘルハウンドたちに一直線。ヘルハウンドを飲み込み、その悲鳴も含め、存在そのものを焼き尽くし、炸裂《さくれつ》。

それでも、勢いは止まらず、大地を削り森の一帯を破壊する。てらてらと燃え上がる燎《りょう》原《げん》と、削れてマグマのようにごぽごぽと音を立てる地面。

リリティアは、ヒグレを振り返って、どうですか！　と言わんばかりにドヤ顔をした。

「すっげえ……けど、これやりすぎじゃないのか？　ここまでやる必要あったか？」

「ふっへっへ、ごめんなさい。私が強すぎて！」

「褒めてねえよ！　いや、助けて貰《もら》ったのはありがたいけどさ」

「仕方ないじゃないですかぁ、加減苦手なんですよぅ。それに、ヒグレさんにいいところを見せたくて張り切っちゃいました！」

「よくわからねえけど、まあ、お前も悪いヤツじゃ――ぁああうおお!?」

とりあえず、目の前の脅威が去ったことに安堵《あんど》していると、いきなりリリティアに首根っこを摑《つか》まれた。若干の浮遊感。首が締まり、目が回る。

「いきなり何す……んだ？」

リリティアに抗議してやろうと顔を上げると……先ほどまで、ヒグレが居た位置が爆《は》ぜ、煙が立っているのが見えた。リリティアが助けてくれなかったらと思うと、身が竦《すく》む。

リリティアを見ると、険しい顔で平原の方を見ていた。

「ちょーっと、これはリリちゃんも想定外ですね」

「私《わたくし》、とってもついていますわ！　ええ、天はいつだって、私を選ぶもの。天使様はいつだって私を見ている！　希少種《ゴミ》掃除も高貴なる緑精種《エルフ》たる私の務め。華麗にぶっ潰して差し上げますわ～！」

ふわりと巻かれたライトグリーンのツインテールに、サファイアの瞳。先のとんがった耳。出るところは出て、引っ込むところは引っ込んだ誰もが羨むような身体つき。上品さと尊大さを併せ持つ、どこかの制服のような物に身を包んだ女性。

彼女は、気取った仕草で髪を払い、高らかに笑った。

「吸血鬼《ヴァンパイア》なら、多少パーツが破損しても問題なさそうで、安心ですわね」

「ベリア王国魔道特別部隊ナインナンバー・隊長、ハラン・シュトーレン」

リリティアは、目の前のエルフの女性を見て憎々し気に呟《つぶや》いた。

「あらあら、貴方《あなた》のような希少種《ゴミ》にも名前が知れ渡っているなんて、優秀過ぎるのも困りものですわ！」

ハランはリリティアを揶揄《やゆ》するようにくすりと笑う。

それから、リリティアの背後に隠れるヒグレに視線を向けた。

「で、そちらの人類種《ヒューマン》は……？」

ヒグレは考える。

ハランの敵意はリリティアに向いている。リリティアの種族が原因なのか、リリティアが何かをやらかしたのかはわからないが、ヒグレは眼中にない様子。

（王国なんちゃら部隊ってことは、公的な機関っぽいし、俺はリリティアと無関係であることを証明して保護とかして貰った方がいいんじゃね？）

「な、なあ、俺は――」

「ヒグレさんは私の大切な仲間です！　将来を誓い合った仲なんです！　絶対にあなたなんかに渡しませんよ！　ヒグレさんは何があっても私が守りますからね！」

ヒグレは慌てて声を上げようと挙手。

しかし、その声も、わざとらしくヒグレを庇って前に出るリリティアに掻《か》き消される。

リリティアは、ヒグレを振り返ってサムズアップ。

完全にヒグレの思考を読んでの動きだった。

「なるほど。希少種との婚姻……なら、死刑ですわ！」

「判断が速すぎるってえええ！　今の冗談だから！　こいつの嘘《うそ》だから！」

「お面倒だから、死刑ですわ！」

ハランは少し間を置いてから、半ば投げやりに言った。

けんもほろろな対応に、思わずヒグレの口があんぐりと開く。

さすが異世界。命が軽過ぎである。

「覚悟を決めましょう！　ヒグレさん！」

「……全部お前のせいじゃん」

むふん、と両拳を握るリリティア。

ハランはギラギラと瞳を輝かせて戦闘態勢に。助けて貰えるかも……なんて甘い考えはすぐに霧散した。いや、リリティアに掻き消されたと言っていいだろう。

諦めたヒグレは、巻き込まれないように後ろへ下がることにした。

「では、さっさとお片付けすることに致しますわ――【多風矢《ハウ》・追《ハスタ》】」

ハランは二本の指でスーッと虚空をなぞる。

すると、薄緑の魔法陣が展開。魔力で編まれた無数の矢が生成された。矢は、リリティア目掛けて次々に射出される。空気を切り裂いて弾丸の如《ごと》きスピードで迫る矢を、リリティアは軽い身のこなしで次々と避ける。

「無駄ですわ。緻密で繊細な魔力コントロールこそが、緑精種《エルフ》の真骨頂！」

しかし、ハランが二本の指で合図を送ると、残った矢が軌道を変える。それはリリティアを追尾し、追い込む。空中で方向転換できないリリティアに炸裂した。

「くぅ……っ」

ハランは、続けて【多風矢・追《ハウ・ハスタ》】を発動し、リリティアはそれを避け続ける。しかし、しつこく迫る矢の全てを躱《かわ》すことは敵《かな》わず、生傷が増えていった。

致命傷ではないのだろうが、リリティアの動きは確実に鈍くなっている。

「さすが、吸血鬼《ヴァンパイア》！　気色悪いほどの生命力ですわ」

「おい！　リリティア！　さっきみたいな魔法使わねえのか!?」

リリティアは口元を拭い、呼吸を荒くしている。

ハランは一歩も動かず、リリティアだけが一方的に攻められ続けていた。

矢継ぎ早に放たれるハランの魔法にリリティアは防戦一方。

しかし、攻勢に出る隙がなかったかと言われれば、そうでもないように思える。

「使わないのではなく、使えないのでしょう?」

ハランはニッと口元を歪《ゆが》めた。

「ええ、その通りです！　さっきので魔力すっからかんになりました！　どうも、愛すべきドジっ子リリリちゃんです！」

リリティアに悲観的な様子はなく、はきはきと答える。てへっ、なんて首を傾《かし》げて、余裕そうだが、リリティアは傷だらけ。一方、ハランには塵《ちり》一つ付着していない。

「その余裕どっから来んだよ！　ドジっ子ってか、バカだろ！　余計な大技使うから！」

ヒグレが言うと、「バカは止《や》めてください！　響きが可愛《かわい》くないです！　せめてアホで！」などと意味の分からない抗議をされた。どっからどう見ても発言がバカである。

「器だけ大きくても、満たす魔力がないのだから、仕方がありませんわよね。ああ、滑稽な希少種《ゴミ》ですわ。もう、天使様に代わって、私が天罰を与えて差し上げましょう！」

再び、ハランが魔法を発動する。

空を切り裂きながら迫る魔力の矢はリリティア——を通り過ぎて、ヒグレへ迫る。

「ちょ、な、容赦なしかよ!?」

咄嗟《とっさ》のことに、身体《からだ》が硬直するヒグレ。

衝撃に備えて目を瞑《つぶ》ると、ふわり。浮遊感に包まれる。恐る恐る目を開けると、リリティアにお姫様抱っこされていることがわかった。

リリティアは「よっ、ほっ」と軽い掛け声でハランから距離を取る。

「いい緊張感ですね。もし、あなたがその人でなければ、私たちは、ここで肉塊です。でも、どうしてでしょうか。確信めいた、予感があるんです」

そして、後方に大跳躍。

吸い込まれそうな赤い瞳に、風に吹かれて乱れるローズピンクの髪を視界に収め、ヒグレの身体は浮遊感に包まれる。リリティアの体温を感じて——嗚呼《ああ》、本当に異世界に来たんだ。なんて呑気《のんき》な思考が過《よぎ》った。

「あなたの力があれば、私たちは、この窮地を脱することができます」

音を立てずに軽やかに着地。

ヒグレを降ろし、向かい合ったリリティアは柔和な笑みを浮かべた。

「お前に窮地に引きずり込まれたよな、俺」

「正論！　でも、今はイイ感じの空気に流されてくださいよぅ！」

リリティアは、ヒグレの肩を摑んでジッと見つめてくる。

「ヒグレさん、私を信じてくれますか？」

「もうそれしか選択肢ないからな！」

「ふふ、いい子です」

リリティアは両手で包み込むように、ヒグレの頰へ手を伸ばす。

頰に僅かに赤みが差している。

宝石のような綺麗《きれい》な瞳。

ふわりと香る、くらくらするような甘い香り。

口の中で糸を引く唾液と八重歯が、やけに煽情的《せんじょうてき》に映る。

リリティアは瞳を閉じ、ゆっくりと近づいて――。

「――ん、ちゅ」

唇にキスをした。

「――ッ！？！？」

突然のことに理解が追い付かなかった。

それでも、妖《あやかし》にでも魅入られてしまったかのように、ヒグレは動くことができない。

「ちゅっ、ん、ぁ……はん、じゅる……んん」

リリティアは頬を押さえる手に力を込め、貪るように舌を入れて来た。

温かく、甘やかで、息が詰まりそうだ。

馴染《なじ》むように、とろけるように、二人の唾液が混じり合う。

柔らかな舌に口内をまさぐられて、溶けてしまいそうだ。

「あ、へ、な……っ!?　貴方たち、こんなところで何をしてますの!?」

ハランの声はやけに遠くに聞こえる。まるで、別世界の出来事のように。

「んん――ッ!?」

そして、ヒグレの中から何かが湧き上がるような実感が起こった。

ヒグレを中心に巨大な魔法陣が現れる。自分の魂の奥から、何か大事なものを引き出される感覚。不思議と不快感はなく、身体は燃えるように熱い。身体中の細胞の一つ一つが産声を上げたかのように、歓喜に打ち震える。

「じゅる、じゅるるっ、んぁ……あぐ、んん……っ」

更に勢いを増し、リリティアはヒグレを貪った。

荒々しく、優しく、無我夢中で、むしろリリティアこそが魅入られているかのようで。

「ん、ぁ――」

リリティアに吸われている。吸い上げられている。

リリティアとヒグレの境界が曖昧になった。まるで一つに溶け合ったような快感と、互いの全てを理解したような全能感に包まれる。

ヒグレの中の強大な何かがリリティアの中へと流れ込むのがわかった。

そして、それがリリティアの身体を満たしたとき、唇が離される。

「ぷはぁ――っ、ふっへっへ」

上気した頬に、弛緩《しかん》した身体。とろんとした瞳でヒグレを見る。

リリティアは、口端から垂れる唾液を拭い、だらしなく笑った。

「き、きもちぃ……やっばぁ、これ、クセになりそうですぅ」

そう言うと、リリティアはヒグレを抱き寄せて胸に抱いた。

「おい、ちょ――っ」

ヒグレは慌てて抵抗しようとするも、ビクともしない。見た目は、ただの人間……いや、吸血鬼《ヴァンパイア》らしいが、女の子なのに、見かけによらない怪力である。

「これ、ファーストキスですよ。責任取ってくださいね♡」

愛《いと》おしそうにヒグレを抱く腕に力を込めると、囁《ささや》く。ねっとりと、脳に染み入るような声で耳をくすぐられ、全身の力が抜けていくような感覚に襲われた。

今は戦闘中だというのに、リリティアにヒグレを離すような様子はない。

「あ、貴方《あなた》、それは……っ」

ハランは、リリティアの様子を見て目を見開いた。

戦いの最中に濃厚なキスをし始めたこともそうだが、どうやら、それ以上の関心事があったらしい。「ありえない、ありえない……」とうわ言のように呟《つぶや》いて、ヒグレたちから一歩、また一歩と距離を取る。

「ど、どうして、魔力が全て回復しているんですの⁉」

「愛のパワーです♡」

リリティアは、ヒグレの頭を撫《な》でながら笑顔で答えた。

「魔力譲渡？　いえ、ありえませんわ、魔力型が違う以上、それは不可能。でも、もしそうだとしたら、希少種の巨大な器を一瞬で満たすほどの魔力なんて、一体どれほどの……っ」

リリティアは安心させるようにヒグレの頭に手を置いてから、前へ出る。

両手を天へ翳《かざ》し、完全復活した魔力を燃やして魔法を成す。

「ではではぁ、器が小《ち》っちゃなことだけが取り柄の劣等種族は灰燼《かいじん》に帰してしまいましょう、ねッ」

ローズピンクの髪がぶわりと逆立ち、魔法陣が展開する。

爆《は》ぜるように噴き出る炎。肺を焦がす熱波。

「なっ、火属性の超級魔法――っ!?」

「爛《ただ》れ焦げろ――【炎ノ煉獄《インフェルノ》】」

視界の全てを覆い尽くすような、太陽のような熱の塊。

美しくも無慈悲な業火は、一帯の森ごとハランを飲み込んだ。

◇

横を通り抜ける馬車をポカンと口を開けて見つめる。

二車線分ほどありそうな広い通り。

左右に展開される屋台に、装飾品や衣類、生鮮食品など統一性のない品々が展開されたマーケット。昼間からビールを呷《あお》る中年男性。手を繋《つな》いで道の端を歩く親子。ワイワイガヤガヤとした街の喧騒《けんそう》。

通りには、獣耳や尻尾が生えた者や、先ほど戦ったハランのような長い耳が特徴的な者など、人類とは異なる特徴を持った人々が散見される。

また、腰には剣や杖《つえ》、ナイフなどが吊《つ》り下げられており、その装いも、まるでファンタジー世界の物のようであった。

いや、まるでではない。ヒグレは来たのだ、異世界に。

ベリア王国。王都リリアラ。

渡されたローブを着たヒグレは、リリティアと横並びで歩く。

「ステータスオープンッ！　ステータスオープンッッ!!」

そして、ヒグレは人目を憚《はばか》らず、大声で叫んでいた。

しかし、何一つ変化は起こらない。

透明なウィンドウが現れることもなければ、謎の声が聞こえることもなかった。

「ファイヤーボールッ！　ファイヤーボールッッ!!」

またも、何一つ変化は起こらない。

身体中に力が漲《みなぎ》る感覚もなければ、炎が出る気配もなかった。

「さっきから、何をしてるんですか？　ヒグレさん」

「いや、俺は本当になんの力も与えられず異世界に連れてこられたんだなって……」

「はあ」

「もしかして、過酷なタイプの異世界？　転生するとしても、この世界だけは嫌だって言われるタイプの!?」

「それはよくわからないですけど、ヒグレさんはすっごい力を持ってるじゃないですかぁ！」

リリティアはヒグレの腕に抱き着いた。

力強くも柔らかな感触に、ヒグレは慌てて視線を逸《そ》らす。ウクレレを掻《か》き鳴らす旅芸人を視界の端に早歩きをするが、リリティアの怪力を振りほどけそうにはなかった。

「ありえない魔力量ですよ！　私の器を全て満たして、あまりあるほどなんですから！」

「でも、魔力って誰でも持ってるものだよな……？」

「そりゃ、まあ、魔力がゼロなんてことはありえないですけど」

「俺って魔法使えないんだよな……？」

「自覚がないのなら多分……」

「ほらぁ！　すごい力とか嘘《うそ》だろ!?　魔力ちょっと多いとしても、魔法使えないなら意味ないじゃん！」

「でもでも、魔法ならこれから覚えるかもしれないですし……！」

覚えないかもしれないとも言える。

もし、魔法を覚えられなかったら、あまりにもパンピー過ぎる。覚えられたとしても、今まで魔法に馴染みのなかったヒグレが、リリティアたちより自在に魔法を操れるようになるとも思えない。それこそ、チート能力でもない限り。

しかし、今のところ、それも期待できそうにない。

女神さまはヒグレの前に現れなかったし、ステータス画面もなければ、力が漲るのも感じない。

「……俺、マジで役立たずなんじゃ？」

「でもでも、他人への魔力譲渡ができるなんてヒグレさんだけですよ！」

「魔力譲渡……あれか」

リリティアとのキスを思い出して、ヒグレはもにょもにょと口を動かす。

自分の中の強大な何かが、リリティアに流れ込む感覚。

不快感はなかった。むしろ、気持ち良ささえあったほどだ。

「でも、俺は魔法使えないしな……車持ってないのに、ガソリン何万リットルあっても意味なくないか」

「すみません、その例えはちょっとよくわからないです」

「魔力ちょっと多かったところでなあ……」

宝の持ち腐れだ。豚に真珠だ。地球人に魔力だ。

リリティアが初めに言った通り、エサとしての役割しかない。

喋《しゃべ》る魔力タンクだ。むしろ、魔力タンクなら喋らない方が優秀だろう。

「いえ、ホントにちょっととかいうレベルじゃないんですよ……」

それから、リリティアは、この世界についてざっと説明してくれた。

想像通り、ここは魔獣の跋扈《ばっこ》する剣と魔法のファンタジー世界。

現在は、人類種《ヒューマン》、緑精種《エルフ》、獣人族、土精種《ドワーフ》の四大種族が大陸を席巻《せっけん》しており、このベリア王国は人類種《ヒューマン》が治める国だという。

王都リリアラは、国の最先端の技術、物資が集まる王様のお膝元で、街の中心に見える尖塔《せんとう》が喰《く》いあうように突き抜けた立派な建物が、王城だと教えてくれた。

たしかに、見渡して目に入る種族は、人類種《ヒューマン》が最も多い気がする。他の国へ行けば、その比率も逆転するのだろうか。

長い耳のやけに美形の多い種族が緑精種《エルフ》。

獣耳や尻尾の生えた種族が獣人族。

褐色肌で全体的に小柄な者が多い種族が土精種《ドワーフ》。

ヒグレと身体的な特徴が変わらぬ種族が、人類種《ヒューマン》ということらしい。

「――使える魔法や、得手不得手も種族によって異なります。それは、魔力の質の違いも大きく関係していたりしますね。そもそも、魔力というのは自然界に溢《あふ》れるマナが、人体の魔力門《ゲート》を通りオドとなる際に変質するんですけど……って、ヒグレさんがアホみたいな顔になってますね!?」

「いや、ちょっと設定多いなって……」

「だって、ヒグレさんが、どこまで何を知らないのかわからないんですもん！」

ヒグレは、屋台でリリティアに買って貰《もら》ったチキンを頬張った。

辛いまでのスパイシーさと、ジューシーなお肉が堪《たま》らない。食にはあまり期待していなかったが、この暴力的なまでに雑な味付けもいいものだ。

「チキンっぽくて普通に受け入れちまったけど、何の肉だ？　もしかして、魔獣とか？」

ヒグレは半分ほど食べ終わったチキン（仮）を見て、不安そうに呟く。

「ふふ、魔獣のお肉なんて臭くて食べられたもんじゃありませんよぅ。それは産羽鳥《さんわどり》と言って、抜鳥《ばっちょう》を家畜化した鳥のお肉です」

「にわ、じゃなくて、さんわ……？」

色々ツッコミたいところはあるが、身体《からだ》に悪いものではないのだろう。

一口ぱくり。今の話を聞いたからか、鶏にしか感じられなくなってきた。

「ヒグレさん、この世界のことについて何か聞きたいことはありますか？　私にわかることなら、何でも答えますよ！」

「何か、何かなあ……」

多すぎてパッと言葉が出ないと言うのが正直なところ。

ヒグレはゼロから百までこの世界のことを何も知らないのだ。

「あ、ちなみに私のスリーサイズは、上から――」

「そんなこと聞いてねえよ!?」

豊満なバストに手を当て、得意げに答えようとするリリティアを慌てて制止。

「はぁい！　ヒグレさんからは、聞きにくいと思って気を利かせました！」

「変な気の遣い方をするなよ！」

「なるほど……数字で言われたところで信用できない。触って確かめたい、と」

リリティアはローブの前を開くと、ヒグレに寄って谷間を強調した。柔らかそうな双丘が、むにゅんと形を変えて、ヒグレの視界に入り込む。

おそらく、そういう魔法を使っているのだろう。そうに違いない。だって、どうしても目が離せない。

「――っ、曲解ってレベルじゃないな!?」

「言葉に出さずとも、相手の真意を汲《く》み取る。それが真の気遣いだとは思いませんか？」

「汲み取れてないんだよ！」

リリティアはわかっているのか、わかっていないのか……いや、わかっていないのだろう。「なるほど……ヒグレさんは照れ屋さん」など見当違いの結論を呟いていた。

「えっと、あれだ！　獣人族について。なんか、一つだけ呼び方違くないか？」

人類種《ヒューマン》、緑精種《エルフ》、土精種《ドワーフ》、獣人族。

明らかに、獣人族だけ浮いている。

「ああ、それは獣人族だけは、数ある獣人系の種族をひとまとめにして、そう呼んでいるからですね。獣人族の国、ショウシュ連合国も数ある部落をまとめて、国という体裁を取っている感じで……ほら、例えばあの子」

リリティアは、パン屋で売り子をしている少女を指差した。

エプロン姿の彼女には、猫のような耳と細長い尻尾が付いていた。

「あの子は、猫人種《ウエアキャット》。そして、その向かい側」

次は屋台の中で、巨大な寸胴《ずんどう》鍋を掻き混ぜる青年を指差した。

狼《おおかみ》のような耳に、ふさふさとした尻尾が特徴的だ。

「あの人は狼人種《ライカンスロープ》。他にも、兎人種《ヘアピープル》とか、犬人種《クーシー》とかがいますよ」

続けて、すれ違った兎のような長い獣耳を揺らした少女や、犬のようなふわふわとした短い獣耳を生やした青年に視線をやって、説明してくれる。

「なるほど……。そんで、リリティアは、吸血鬼《ヴァンパイア》なんだよな」

「はぁい！　超絶きゃわわで妖艶な吸血鬼《ヴァンパイア》リリちゃんですよぅ」

リリティアは、きゃるんとあざといポーズを取って、ウィンクをした。

街を見渡しても、吸血鬼《ヴァンパイア》らしき人は見当たらない。

王国の魔道騎士だというハランは、リリティアのことを、敵意を込めて希少種と呼んでいた。この世界では、四大種族以外の肩身は極端に狭かったりするのだろうか。

「でさ、結局俺は何をすればいいんだ？」

「へ？」

「いやいや、俺にして欲しいことがあるから、喚《よ》んだんじゃないの？」

「それは……まあ」

「え、もしかして、意図とは違うヤツ来ちゃった!?　俺、こんなところで放り出されたら死ぬけど!?」

　異世界で放置↓優しいおっちゃんに助けられる↓実は犯罪組織の人間で身ぐるみはがされる↓奴隷として売られる↓横暴な豚貴族に買われる↓使えないので捨てられる↓拾われる↓売られる↓買われる↓捨てられる↓以下略。

　最悪の未来が過《よぎ》って、ヒグレは頭を抱えた。

（え、間違って異世界に来ちゃったパンピーの末路怖すぎ……）

「いえいえいえ、そんなことしませんよ!?　そうじゃなくて、協力してくれる前提の言い方に違和感を覚えたといいますか……何の抵抗もなく手伝ってくれるんですか？」

　リリティアは、ヒグレの真意を測りかねているのか、形のいい眉を寄せる。

「俺にできることならな？」

「自分で言いますけど、結構横暴なことしてますよ？　私」

「せっかくの異世界だし、楽しまなきゃ損じゃね？」

「え、ヒグレさんって卑屈なのか、前向きなのかよくわからないですね……」

「セカンドライフでの、俺のモットーは、しんどい時こそ前向きに！　に今決まったからな！」

「え、今……？」

「ていうか、帰りたいって言えば、帰れるのか？」

「すみません……それは、ちょっと私には方法わかんないです」

リリティアは申し訳なさそうに目を伏せる。

正直なヤツである。きっと、優しいヤツなんだろうな、とも思った。

「じゃあ、こっちでやることやるしかないだろ。幸い、俺を必要としてくれる人はいるっぽいし、やり直せるいい機会だよ」

どうせ、地球にいたところで、死んだように生きていただけだ。

ヒグレは掌《てのひら》で庇《ひさし》を作り、異世界の空を見上げる。

地球から見上げるのと何ら変わらない、澄み切った青。この空はヒグレが元住んでいた世界と繋《つな》がっているのではなかろうか、と錯覚しそうになる。

だが、視線を落とせば、やはりそこは未知の世界。

ファンタジーな種族と、剣と魔法と、中世ヨーロッパのような街並み。

そして、隣にはローズピンクの髪を揺らす、吸血鬼《ヴァンパイア》の女の子。

ここは異世界である。異世界に来てしまったのだから、もう仕様がないのである。

「だから、よろしく頼むよ。リリティア」

差し出された右手を見て、リリティアは驚いたように目を見開く。

それから、照れくさそうにしているヒグレを見て、ふと表情を崩した。

「はい、これからよろしくお願いしますね。ヒグレさん」

向かい合った二人は、固い握手を交わす。

こうしてヒグレは、吸血鬼《ヴァンパイア》の少女に導かれ、異世界での生活を始めるのだった。

「でも、俺に出来ることマジで少ないからな!?　あんま期待は寄せるなよ!?　あと、途中で捨てるなよな!?」

◇

人通りの多いメインストリートを抜け、狭い路地から深閑とした住宅街へ入る。

更にその奥へ歩を進めると、狭い路地がひしめき合う迷路のような場所に出た。背の低い建物は傷んでおり、螺子《ねじ》で雑に板を打ち付けただけの修繕が目につく。砕けた石畳に溜《た》まった汚水を散らす。ヒグレは、薄汚れた空気に思わず咳《せ》き込んだ。

しばらく歩いて、辿《たど》り着いたのは半壊した教会だった。

天井は吹き抜けになっており、並べられた長椅子の半分は破壊されている。地面には所々土が堆積しており、端の方には雑草まで生えている始末。教会を象徴する、祭壇に立つ竜と人が混じったような像は腕が砕け、錆《さ》びついていた。

「なあ、拠点に案内するって話だったけどさ、まさか……」

教会に入って足を止めたリリティアを見て、ヒグレは不安そうに像を見上げた。

「はぁい！　ここが私たちのすばらなおうちです！　元はイアリアス教の教会でしたが、今はもっぱら四聖教とかいうクソ宗教主流ですからね。イアリアス教は邪教に認定されていて、ここも使う人がいないので安心していいですよ？」

「それ以前の問題じゃないか……？」

床暖房とまでは言わないから、せめて雨風は凌《しの》げて欲しい。

こちとら、昨日まで、ぬくぬく地球生活の腑《ふ》抜《ぬ》け高校生である。

「ていうか、クソ宗教て……」

「根拠をでっち上げ、私たち希少種を悪だと断じる都合のいい宗教ですよぅ。まあ、その話は置いておきましょう。ささ、こちらに」

リリティアは像の後ろ側に回ると、よっこらせ、と鉄製の床を持ち上げた。

すると、地下に続く階段が現れる。

なんと隠し通路があるらしい。単純ながら心躍る仕掛けであった。

暗闇の中を降りるリリティアに続き、ヒグレも中に入る。

　先行するリリティアが、壁から生えた燭台《しょくだい》の上にある赤い石に触れる。すると、石はぼやっとした光を発し、足元を照らしてくれた。

「魔石灯——魔具ってヤツです。魔力を込めると光る単純な物なんですけど……ヒグレさんも試してみます？」

「魔具なんて使ったことないぞ？」

「安心してください！　魔法と違って、魔力さえあれば誰でも使えますよ。ささ」

　リリティアに魔石灯を渡される。

「魔力を込めてみてください。熱を手のひらに集める感覚です。身体中の血管を伝って流れるようなイメージがわかりやすいかもしれません」

「こうか……？」

　リリティアのアドバイスに従って、魔力を注いでみる。

　そして、魔石灯が激しく発光した、その瞬間——バリン。

　乾いた破裂音が鳴り、木っ端微塵《こぱみじん》に砕け散った。

　リリティアはポカンと口を開けて、割れた魔石灯を見つめる。

「ち、違うぞ？　俺なんもしてないからな？　これ多分不良品なんだよ、うん」

　慌てて弁明するヒグレ。

　リリティアは「やっべえ……」と言って、魔石灯の破片を手に取った。

「こんな壊れ方するの初めて見ました……ヤバヤバですね……」

粉々になった魔石灯を集めて、興味深そうに観察している。

それから、同情したような目でヒグレを見ると、ポンと肩を叩《たた》いた。

「しばらくは不便かもしれませんが、力の抑え方は、これから学んでいきましょうね」

「いや、違うよ？　そんな力入れてないよ？　リリティア？」

リリティアは何事もなかったかのように、魔石灯に光を灯《とも》しながら階段を降りる。

困惑するヒグレは、それを慌てて追いかけた。

「おーい！　リリティアさん？」

「ヒグレさん……想像以上の魔力量です……」

「違うぞ？　俺なんもしてないって！　絶対不良品だったんだって！」


廃教会地下に広がる空間は、想像以上に広々としたものだった。

十人は使えそうな大きなリフェクトリーテーブルを中心に、生活感溢《あふ》れるリビング。家具類は使用感のある物が多いが、部屋は掃除が行き届いていた。奥の扉の先には廊下が延びており、その先に幾つか部屋があるのが見える。

「リリティア姉ちゃんおかえり！」

「お姉ちゃんおかえりなさい！　無事でよかった！」

「お……おかえり、なさいっ！」

五、六歳くらいの三人の子供たちが、ぱあと表情を明るくしてリリティアに飛びついた。

「ただいまです！　みんな、マイヒメちゃんの言うことを聞いていい子にしてましたか？」

子供たちには、悪魔のような角と尻尾や、腰から生えた蝙蝠《こうもり》のような羽など、全員に何かしらの身体的特徴がある。それはリリティアから聞いた四大種族の特徴とは異なるものであった。

リリティアを囲んで、わいわいと帰還を喜ぶ子供たち。

しばらくすると、彼らの興味は初見の人類種《ヒューマン》、ヒグレに注がれた。

「こちらは、ササキ・ヒグレさん！　私たちの重要なエサで～す！」

そこで、コホンとわざとらしく喉を鳴らしたリリティアが、見当違いな紹介をする。

「エサ～！　すっげ、これが伝説の！」

「彼がエサね、伝説のエサ！」

「……じゅるり」

子供たちは、何の疑問を持つこともなく声を上げる。

ヒグレは既にエサとして認識されていた。エサに伝説もクソもない。

歓迎ムードなのは嬉《うれ》しいが、非常に複雑である。

「……エサって、俺の魔力を食うって意味だよな？　本当に食われたりはしないよな？」

不安になってリリティアを見ると、何も言わずニコリと笑った。

口端からは、僅かによだれが垂れている。

「…………」

何も疑わずに、ここまで来てしまったが、早計だっただろうか。

「みんな、ご飯はもう食べましたか？」

「うん！　今日はマイヒメお姉ちゃんが作ってくれたよ！」

「相変わらず、見た目やっべえのに、味はめちゃくちゃ美味《おい》しいんだぜ？」

「あはは……あれは私も不思議なんですよね」

子供たちに囲まれ、手を引かれるリリティア。子供たちは皆笑顔で、リリティアがよく慕われているのが分かる。

彼ら、彼女らは、よく見れば身体《からだ》に傷があったり、少しやつれていたりする。身なりも決して整っているとは言えない。教会の地下に隠れ住んでいるくらいだから、何か特別な事情があるのだろう。

恐らく、ヒグレが呼ばれたのと関係する何かが――。

（いやでも、俺マジで何の力もないからな……それに気づかれたら、捨てられるのでは？）

『特別な力に覚醒すると思ってたんですけど、どうやら勘違いだったみたいですぅ。さようなら。後は頑張って生きてくださいね♡』

笑顔で言うリリティアが脳裏を過《よぎ》って身震いする。

このままだとまずい。魔力が多少多いヤツなんて、ちょっと珍しいくらいの存在のはずだし、早いところすっごい力に覚醒する必要がある。本当にするだろうか？

「よろしく。ヒグレ君」

などと考え込んでいると、隣に一人の少女が立っていた。

雪のような白髪に、頭上でピコピコと揺れる狐耳《きつねみみ》。ふわふわとした尻尾。紅の瞳を湛《たた》える少女は、ジッとヒグレを見つめて首を傾《かし》げる。

パッと見は、十四、五歳くらい。強く抱きしめれば折れてしまいそうな程に華奢《きゃしゃ》だが、単に少女と呼ぶのは憚《はばか》られるような、不思議な魅力と気品が感じられた。

「わたしは、マイヒメ・ヒイラギ。この世界を滅ぼす魔王なり」

透き通るような平淡な声音。

マイヒメと名乗った少女は、表情をピクリとも動かさずに言った。

「お、おお……？」

「ジョーク。お姫様ジョーク」

またも、表情はピクリとも動かない。

「ジョーク言う表情とテンションじゃないな！」

「よく言われる、わ」

何を思ったのか、顔の両端でピースをする。尻尾を揺らしながら、指を曲げ伸ばしする様は非常に可愛《かわい》らしかったが、如何《いかん》せん意図がわからなかった。リリティアとは違う方向で変わった子である。

「いや、この世界だと、これが常識?」

試しに、ヒグレも両手でピースをしてみた。

すると、マイヒメはふすんと鼻を鳴らし、激しく尻尾を揺らす。

どうやら、お気に召したらしい。

やっぱり、よくわからなかった。

そんなヒグレの様子を、マイヒメの後ろに隠れた女の子はジッと見つめていた。引っ込み思案なようで、マイヒメの服の裾をギュッと握っている。ヒグレのことをチラチラと見上げるも、視線が合うと慌てて俯《うつむ》いてしまった。

「俺はササキ・ヒグレだ。よろしくな」

ヒグレは膝を折って女の子と視線を合わせる。

しかし、ビクッと身体を震わせると、部屋の奥へ脱兎《だつと》の如《ごと》く逃げ出してしまった。

「ごめんなさい。あの子、最近まで奴隷商に捕らわれていて、その時の主人が人類種《ヒューマン》だったから……多分、トラウマがあるんだと思う」

「……なるほど」

「あの子に話しかける時は、次からこれを着けるといい」

マイヒメに、猫耳の付いたカチューシャを手渡される。

これで少しでも人類種《ヒューマン》らしさをなくせということだろう。意図はわかるが……。

「効果あるのか？」

「語尾に『にゃん』とつけると更にいいと思う」

「……にゃん」

あの子のトラウマを刺激しないで済むのならと思い、ヒグレは猫耳カチューシャを装着。

言われるがまま、真顔で猫の鳴き真似《まね》をしてみる。

「え……ムリ、かっわよ。……食べたい」

それを横で見ていたリリティアが、わなわなと両手を戦慄《わなな》かせていた。

リリティアの瞳が爛々《らんらん》と輝いている。まさに、草食動物を狙うライオンの目。

命の危険を感じたヒグレは、そっとカチューシャを外し、机の上に置いたのだった。


それから、ヒグレ、リリティアはリビングで共に食事を取った。

マイヒメがお椀《わん》にシチューを装《よそ》って、持ってきてくれる。紫色のどろりとしたスープ。

ゴロゴロとまばらな切り口の具材、ゴポゴポとマグマのような泡が立っていた。

明らかに見た目がヤバかったが、隣のリリティアは美味しそうに口に運んでいる。

ヒグレも意を決して食べてみると。

「うま……え、この見た目で美味《うま》いことあるんだ」

程よい酸味とスパイシーさがあり、ご飯に合いそうな味であった。

「あ、ちなみに、この世界の常識というわけではなく、マイヒメちゃんが特殊なだけですよ？　この見た目は普通にヤバヤバです。美味しいのは不思議です」

「お腹《なか》壊さないといいなあ……」

さすがに、シチューの素材を聞く勇気はヒグレにはなかった。

マイヒメに視線をやると、グッと親指を立ててくる。無表情ながら、大変得意げな様子が伝わってきた。

◇

かつて、世界は希少種と現四大種族とが入り交じり、均衡が保たれていた。

繁殖力に乏しく数は少ないながら、個々が強大な力を持った希少種。

魔力総量は少ないものの、個体数が多い四大種族。

勢力が、その二つに分かれていたわけではないが、今思えば多種多様な国、コミュニティが点在し、バランスは取れていた。

希少種の人口は、その全てを合わせても、四大種族の二十分の一ほどしかなかった。それでも、四大種族との間に大きな戦力差はなかった。

四大種族と希少種の最たる違いは、魔力総量にあった。

四大種族の持つ魔力を蓄える器がコップ一杯分だとすれば、希少種の器は、バケツ一杯分は優にある。

四大種族が放つ【火球《ファイヤ》】が拳くらいのサイズなら、希少種が放つ【火球《ファイヤ》】は大玉ほどの大きさがある。同じ初級の汎用魔法を使っても、これだけの差があった。それは今も変わらず、しかし、別の事情により希少種の力は大きく削《そ》がれる。

三十年前――とある事件があってから、その力関係は一変した。

端的に言えば、希少種は莫大《ばくだい》な魔力量に任せた強引な魔法行使ができなくなった。

それからは、待っていましたと言わんばかりに、四大種族が台頭してきた。

四大種族が手を組み、領土を広げ、素早く新たな法整備を進め、希少種を虐げ、追い詰め、殺し、今も猶《なお》、滅ぼそうと画策している。

奴隷にされた者も多い。今や、奴隷とは希少種のことである。

元々数が少なかった希少種は、更に数を減らしていき、既に滅ぼされたと言われている種族も存在する。吸血鬼《ヴァンパイア》も、リリティアが知る限りでは数十人しかいないそうだ。

状況が一変し、希少種は数の恐ろしさを知ることになった。

圧倒的な人口差がありながら、個々の力で優《まさ》っていた今までが異常だったのだ、と。

「なるほど……」

リリティアとマイヒメから、この世界の現状を聞き、小さく呟《つぶや》いた。

空は暗闇のヴェールに覆われ、子供たちは寝静まった頃。

ヒグレ、リリティア、マイヒメはリビングの長テーブルに着いて、神妙な面持ちで話をしていた。リリティアとマイヒメが、ヒグレの正面に座る形だ。

テーブルの上では、魔石灯が淡い光を放っている。

リリティアは、カップに口を付け、ホットミルクを流し込んだ。

「で、何なんだ？　とある事件って」

「霊崩災害《れいほうさいがい》――マナ……自然界に溢《あふ》れる魔力の質が、一夜にして変質したんです。結果だけを平たく言えば、魔力の自然回復速度が異常に遅くなりました。それまで、私は半日もあれば魔力が満タンになってました。今は十日かかります。一切、魔法を使わないと仮定して、十日です」

カップを置いたリリティアが、口を開く。

丸一日、世界が真っ暗闇に覆われた。

暗雲なんて生易しいものではない。あれはまさしく闇だった。

光の一片も通さぬような濃厚で生々しい闇が空を支配した。身体中を布でピッタリと覆われたような息苦しさが一日中続いた。終末の刻《とき》が来たかと、一生世界はこのままなのではないかと、このまま滅びてしまうのではないかと、恐怖と不安が渦巻いていた。

そして、一日が経《た》ち、闇が晴れた時、世界は一変していた。

マナが上手《うま》く身体《からだ》に馴染《なじ》まない。

時間が経てど、乾いた器を満たすのはほんの僅かな潤いのみ。

そして、希少種は、その莫大な魔力を潤沢に使った魔法の行使ができなくなった。

リリティアは、誰かから聞いた話を反芻《はんすう》するように、その光景を語った。

「消費された魔力は、自然界に溢れるマナにより、時間経過と共に自然回復します。それは、私たちも、四大種族も変わりません。変質したマナの影響も同じです」

「じゃあ、なんで希少種だけが弱体化したんだ？」

「前提として、魔力を溜《た》め込む器が、希少種は極端に大きいんです。大きいから、魔力消費量なんて考えずに、魔法を使ってきた。ですが、魔力自然回復量は器の大きさに限らず一定だった」

「そうか……なるほど」

ヒグレは、口元に手を置いて呟いた。

「今までは、どれだけ雑な使い方をしても、魔力なんてすぐ回復しましたからね。私たちは、魔力効率なんて考えなかったし、開発した魔法も魔力消費の激しいものばかりでした。

それこそ、四大種族の満タンの魔力を使っても発動できないほどの魔法なんてざらにあります」

「比べて、四大種族は、少ない魔力で如何《いか》に効率的に戦うかを考えてきた」

ヒグレの言葉に、リリティアはこくりと頷《うなず》いた。

四大種族は、器が小さいから魔力自然回復量が減っても希少種ほど影響がなかったのだ。話を聞く限り、魔力は個々の器以上に蓄えることはできない。むしろ、今までの魔力自然回復量が多すぎたくらいなのだろう。

「希少種が知恵と工夫を怠ってきたというわけじゃないんですけどね……その必要がなかったから、別のところに労力を割いていただけで」

「なるほど……」

「私たちは、魔力の消費が何日も尾を引くんです。だから、長期戦には向きません」

「四大種族は数だけは異常に多かったから、圧倒的でなくなった個はすぐに蹂躙《じゅうりん》された。霊崩災害《れいほうさいがい》後、希少種を表舞台から引きずり下ろすまで時間はかからなかったと聞いたわ」

個々の能力に差がなくなれば、数が多い方が有利となる。

至極単純な理屈だった。

「でもさ、それなら、リリティアたちも魔力消費量の少ない魔法を使えばいいんじゃないのか？　それなら、器が大きい希少種の方が有利だろ？」

「それができれば苦労しませんよ。たとえ、同じ魔法を使っても、私たちの方が魔力消費量は多いんです。その分、威力は高いんですけどね」

「……なるほど？」

ヒグレは、すっかり冷めてしまったホットミルクに口をつける。蜂蜜の甘い香りが口の中に広がり、その中に僅かな生臭さも感じられた。

「なら、魔力消費量が少ない魔法を開発すればいいと思うかもしれないけど、それも別の理由で難しいの。ちょっと待ってて」

そう言うと、マイヒメが席を立って奥の部屋へ行ってしまった。

しばらくすると、細い試験管と、大きな樽《たる》ジョッキを持って戻ってきた。それぞれ、中には八割ほど水がつがれていた。

「中の水をテーブルに零《こぼ》してみて？　できる限り少ない量で」

ヒグレに試験管を渡し、マイヒメは言った。

ヒグレは意図がわからないままに、言われた通り試験管を傾けた。顔を近づけ、水が少しずつ注ぎ口に向かうのを見守る。そして、水が数滴零れたところで、慌てて試験管を持ち上げた。

「これでいいのか？」

テーブルには、一円玉くらいの水玉ができた。

マイヒメは試験管を受け取り、次は樽ジョッキを渡してきた。

「同じようにやってみて？」

ヒグレは樽ジョッキを傾けて、水をテーブルに垂らす。しかし、今度は試験管ほど上手くはいかず、テーブルにはびちゃびちゃと水たまりができる。

マイヒメは、樽ジョッキを指差して口を開く。

「それが、わたしたち。魔力門《ゲート》の広さが違うから、物理的に一定以上魔力量を絞るのは不可能。無理にやろうとしても、定まらないわ」

「なるほど……」

積んでいるエンジンの規格とボディが違うから、同じ距離（魔法）を走ろう（発動しよう）としても、消費するエネルギー量は異なるし、一定以下のエネルギー量だと、そもそも走り出さないということらしい。

「魔法は血と共に洗練され、わたしたちの身体に馴染んできたの。こういう風に魔法を使うのだと身体が覚えてしまっている」

「だから、いきなり魔力のルールを変えられて、大変だあ……ってこと？」

ヒグレが首を捻《ひね》りながら補足をすると、マイヒメはグッと親指を立てた。

「とりあえず、こういうイメージだけ認識してくれればオーケーです！　正確に伝えようとしたら、魔力門《ゲート》のことや、マナやオドの性質、違い。魔法史や、それに付随する魔法及び魔法の使い方の変化などを一から説明しなきゃなので！」

「それはちょっと……また別の機会に」

ただでさえ、ヒグレの脳みそはパンク寸前である。

もっと感覚でぶわーっとスゴイ魔法が使えて、よくわからないけどなんか強くて……みたいに雑な思考をしていたアホな自分がバカらしく思えてきた。

「えーっと、まとめると、霊崩災害《れいほうさいがい》のせいで、希少種は今までみたいに魔法がばかすか打てなくなり弱体化した。でも、四大種族は影響が少なかった。そのせいで、数の少ない希少種は四大種族にボコボコにされ、リリティアとマイヒメたちは、とっても困っている」

マイヒメは、肯定するように両手でピースサインを作った。

まったくピースな事態ではないが、解釈はあっているようだ。

「私たち――『白尾の冠《はくびのかんむり》』は、希少種の復興を掲げて活動しています。そのために大陸各地を回り、希少種に声を掛け、仲間を募っているんです」

「今まで、希少種は個人主義で種族外の交流はあまりしてこなかったわ。古い慣習に囚《とら》われて排他的な種族も多い。でも、それでは四大種族に、滅びの未来に抗《あらが》えない。わたしたちの権利を主張するのには、力が必要なの」

リリティアの語りに、マイヒメが補足する。

今まで圧倒的だった希少種の力は、霊崩災害《れいほうさいがい》以降、四大種族には敵《かな》わなくなった。個々の力ではなく、国や種族といった大きな括《くく》りで見た時、一種が少数の希少種は非常に不利なのだ。だから、希少種を大きな括りと定めて、仲間を募る必要があるらしい。

「当面の目的は、王都で保護した希少種の子供たちを、共和国との国境沿いにある隠れ里へ送り届けることね」

先程顔を合わせた、四人の子供たちのことを思い出す。

彼らは、全員希少種で、この国では虐げられて生きて来たのだろう。ヒグレに怯《おび》える女の子は奴隷だったようだし、他の子たちの身体にも傷が目立っていた。

「勝手に喚《よ》び出して、勝手な事情に巻き込んで……ヒグレ君には申し訳ないと思っているわ」

マイヒメは無表情ながら、しゅんとした様子で目を伏せる。狐耳《きつねみみ》も萎《しお》れた。

するとリリティアがあっけらかんとした調子で言った。

「でも、特に気にしなくていいそうですよ？　結構前向きでした」

「そうなのね。じゃあ、気にしないわ」

「それはそれで複雑だな！」

「じゃあ、気にするわ」

一度はピンと立ったマイヒメの狐耳が、再び萎れる。

「いや、別に気にしろってわけじゃないけど……」

「じゃあ、気にしないわ」

マイヒメの狐耳が再び元気を取り戻す。

彼女の情緒はゼロか百かしかないのだろうか。間が欲しい……。

「つまり、魔力だくだくなヒグレさんは、私たちの希望ということです！　膨大な魔力！しかも、それが譲渡可能だなんて夢過ぎます！」

「ちゃんと伝説の通りだったの？　リリ」

「ええ、もちろん！　私がこの身を以《もっ》て確かめました！　それはそれは濃厚なのをシて、私の中にヒグレさんのあっついのが流れ込んできてぇ♡」

「濃厚……！　わたしもほしいわ！」

「私の身体は瞬く間にヒグレさんのモノで満たされて、すっごく気持ちよくて、もうクセになっちゃいそうですよぉ。マイヒメちゃんもヤってみてください！　絶対虜《とりこ》になりますから……！　でろんでろんのぐでんぐでんですから！」

「それはとても楽しみね」

きゃっきゃと楽しそうなリリティアとマイヒメを横目に、ヒグレは焦る。冷や汗をかいていた。リリティアたちと目を合わせられない。会話内容がツッコミどころ満載で、ちょっと不穏なのはもちろんのこと――。

（いやいやいや、普通に無理じゃね？）

希少種の大きな問題の一つは、魔力自然回復量が減ってしまったことにある。

でも、膨大な魔力量を誇るヒグレが来たから、もう安心！

（とはならないだろ!?　自然に溢《あふ》れてる魔力……マナだっけ？　の質が変わったのが問題なんだよな？　俺の魔力も減ったら、そのマナから補充されるわけだよな？　なら、回復に時間がかかるのは俺も一緒なんじゃないの!?　だって、回復量定数なんでしょ!?　だったら、俺の魔力の器がリリティアたちよりちょっと大きかったところで、事態は変わらないじゃん！）

あまり実感はできていないが、リリティアに魔力を譲渡したことにより、ヒグレの魔力は減っているはずである。

そして、霊崩災害《れいほうさいがい》の話が本当なら、ヒグレだってすぐには魔力が回復しないわけだ。

ヒグレは自分自身の魔力総量を把握してはいない。

もし、次の魔力譲渡で魔力が空になるようなら……。

『え？　魔力が多いと言ってもこの程度ですか？　がっかりですぅ』

『これじゃあ、希少種の希望にはならないわ。さようなら』

リリティアとマイヒメの落胆した声音が脳裏に響く。

（……まずくね？）

リリティアたちが、ヒグレの無能に気づいた時が最後、ヒグレは異世界に放置される。

気前よく魔力譲渡なんてしていたら、瞬く間に魔力が底を突いてしまうだろう。

「ヒグレ君、顔色が悪いわ。どうかした、の？」

「大丈夫ですか？　おっぱい揉《も》みます？」

ヒグレは自分の置かれた状況について、頭を悩ませる。

悩み、悩ませ、悩まされ……そして、一定のラインを越えたところで。

（ま、いっか。どうにかなるか）

吹っ切れた。

せっかくの異世界。兼ねてから望んでいたやり直しのチャンス。

たとえ勘違いがあったとしても、誰かが自分を必要としてくれるこの状況は願ったりかなったりのはずだ。自分が憧れる物語の主人公なら、こんな何の生産性もない悩みに思考を割いたりはしないだろう。

「いえええええい！　希少種ばんざあああい！　俺はやるぞッッ！　みんなの希望になってみせるぞおおおおッッッ!!」

勢いよく立ち上がったヒグレは、拳を突き上げて叫ぶ。

そんなヒグレの姿を、リリティアとマイヒメはポカンとして見上げるのだった。

「え……あ、ありがとうございます？」

◇

「もう、完全に眠りについているわ」

「私たちの気も知らずに呑気《のんき》なものです」

真夜中。


リリティアとマイヒメは、ヒグレに宛《あて》がった客室に耳をそばだてていた。

慣れない環境に疲れも溜《た》まっていたようで、彼は布団に入るなりすぐに眠りについた。

不安で中々寝付けないのでは、という心配は杞憂《きゆう》だったようだ。案外図太い性格らしい。

「ヒグレ君が、本当に無尽蔵の魔力を持つ存在だと言うのなら、絶対に逃せない」

「はぁい。純粋な戦力としても、そうですが、私たちの精神的支柱。希少種を立て直すための旗印《アイコン》になってもらわないといけませんからね！」


マイヒメは拳をグッと握って意気込み、リリティアは何を考えているのか、口端からよだれが伝っていた。

「ヒグレさんには、何が何でも私たちを選んでもらわなければなりません」

「籠絡するの、ね！　わたし、がんばるわ」

「ええ、とっても可愛《かわい》い私たちが居れば余裕です！」


リリティアとマイヒメは、がっしりと握手を交わす。

できれば、手荒な手段は取りたくない。ヒグレは突如日常を奪われ、勝手な都合でこちらの世界に召喚されたのだ。彼が自主的に協力したくなるような、心地のいい環境作りをするのが誠意というものである。

「でも、何をすればいいのかしら?」

「年頃の男の子はえっちなお姉さんに弱いとお母さんが言ってました。えっちなお姉さん! それすなわち、私のこと!」

「リリティアは……お姉さん? かしら?」

「ええ! 私は二十四時間三百六十五日エッチなことばかり考えています……!」

「それは、ただ、えっちなだけじゃないかしら……」

じゅるり。

リリティアはよだれを拭い、ふっへっへと不気味な笑みを浮かべる。

「とりあえず、今夜は私に任せていただけませんか?」

そして、妖しく揺らめくルビーの瞳をヒグレの居る部屋へ向けるのだった。

第二章　転移魔法とお姫様

チエルザード王国。王都の某所にて。

場には、たった一言の失言が命取りになるような、荘厳な雰囲気が流れていた。種族の異なる四人——それぞれの国の長《おさ》が円形のテーブルを囲んでおり、背もたれの付いた豪奢《ごうしゃ》な椅子に腰を掛けている。その後ろには、それぞれ一人の従者を付けていた。

今日は、四大種族による数か月に一度の定例会議の日。

会議場所は、それぞれの種族の長が持ち回りで決めることになっており、今回は緑精種《エルフ》の番だった。移動時間の短縮、場所確保の点から、基本的には自国の地での開催となる。よって、今回は緑精種《エルフ》が国王を務めるチエルザード王国が会場となっている。

また、定例会議の司会者も持ち回りで出すことになっており、同じくチエルザード王国から、眼鏡をかけた気が弱そうな緑精種《エルフ》の男が担当していた。

男は震えた手で手元の紙を捲《めく》りながら、口を開く。

「——そ、それでは、現在四か国間で主要な街道として使用されている一号街道からエーアデ共和国に直接通ずるトンネルを掘る件に関してですが、えっと……トンネル開通に伴う魔獣の駆除は、人類種《ヒューマン》——ベリア王国及び、獣人族——ショウシュ連合国が行うということでよろしいでしょうか？」

　街道に続くトンネルの開通について。

　これが本会議の主題であった。

　土精種《ドワーフ》のエーアデ共和国は国の大陸側が魔獣の跋扈《ばっこ》するグレゴ山脈に囲まれている。よって、貿易の際はその山脈を迂回《うかい》するルートを通る必要があった。

　ただの魔獣ならまだしも、山頂付近に五大竜の一角、翠嵐竜《すいらんりゅう》アレイミントが住み着いている。その影響もあり、近辺の魔獣は輪をかけて凶暴。トンネル開通の話自体は数年前からあったものの、中々踏み切ることはできなかった。しかし、翠嵐竜アレイミントが根城を変えたことで、その事情も一変した。

　元竜の住処《すみか》であったことから、魔獣の脅威度は依然高い。しかし、このトンネル開通には経済的にも大きな意味がある。それだけのコストを掛ける価値があった。

「オレは問題ねえぜ。トンネル開通はそっちでやってくれんだろ？　ンなら、その方がわかりやすい」

　狼《おおかみ》のような獣耳を携えた筋骨隆々の男——イーリエン・ウーラが大きく脚を組み直す。彼は狼人種《ライカンスロープ》であり、ショウシュ連合国の盟主なのだが、その口調は荒々しく、上品なこの場には、似つかわしくないものであった。

　それもそのはず。獣人族の盟主は、各部族の代表が力比べをし、勝った者が栄光と共に就任するものである。

　しかし、難儀なことに、多くの獣人族は盟主などという面倒な役回りは望んでいなかった。それはイーリエンも同じである。

「私も問題はない。ただ、グレゴ山脈付近の魔獣が相手となれば、少々時間はかかる。その点は了承していただきたいな」

　人類種《ヒューマン》が代表を務める国、ベリア王国国王――フィンレール・バーンクラウンの無骨な声が響く。

　煌《きら》びやかでありながら、どこか落ち着きを感じさせる衣装。荘厳で落ち着いた佇《たたず》まいは、まさに王族のものだった。

「何を言っておる。ベリア王国最強の剣、竜撃の姫を遣わせば済む話じゃろ？　五大竜の一角、氷零竜《ひょうれいりゅう》を倒したと名高い彼女が、まさか竜の魔素に当てられただけの魔獣如《ごと》きに負けるはずもなかろうて」

　続いて、土精種《ドワーフ》の国、エーアデ共和国の元首――ユッテアーネ・フォーゲンが口を開く。

　土精種《ドワーフ》は低身長が特徴の種族だが、彼女は輪をかけて小さい。褐色の肌、高い位置で括《くく》られたツインテールに、紫紺の瞳。

　一見すれば、悪戯《いたずら》好きの幼女のような佇まいだが、この場に彼女を侮る者など一人もいなかった。彼女は百年近くを生きる、歴戦の土精種《ドワーフ》だと知っているからだ。

「私《わたくし》には理解できましてよ。竜撃の姫を王都から動かしたくはないのでしょう？　いつ、誰が攻めて来るかもわかりませんものね」

緑精種《エルフ》が代表を務める国、チエルザード王国女王――ティアニー・ドルチェは扇を口に当ててくすくすと笑った。

しかし、挑発とも取れる二人の発言に、フィンレールはだんまりを決め込んだ。表情をピクリとも動かさず、相手にする価値もないと言わんばかりに腕を組む。

わざとらしく舌打ちをするユッテアーネに、うっすらと目を細めるティアニー。

そして、しばらく場を沈黙が支配した。

「えっと……では、そ、その……他になにかありますでしょうか？　何もなければ、これでお開きにと思うのですが……」

張り詰めた空気に冷や汗をかく司会役の男が、恐る恐る口を開く。

「では、私から一つ」

人類種《ヒューマン》の国王、フィンレールが挙手をした。

「兼ねてから問題視されていた、シッチの森を根城としていた天翼種《アーンギル》についてだが。先日、殲滅《せんめつ》が完了した。奴隷にした子供が十一人。他は一人を除いて、全員死亡まで確認している」

「おお、それは誠か！　さすがじゃな」

ユッテアーネは、ツインテールを揺らして喜びを露《あらわ》にする。

「となれば、残りの希少種など恐れるに足りませんわね。残党共が徒党を組んで何か画策しているとの噂《うわさ》もありますが、私たちの地位が脅《おびや》かされるようなことはないでしょう」

「オイオイ、そりゃ、舐《な》め過ぎだろ。手負いの獣が一番怖《こえ》えって知らねえのか？」

緑精種《エルフ》王女、ティアニーの楽観的な言葉に、獣人族盟主、イーリエンが釘《くぎ》を刺した。

「そちらこそ、希少種を過大評価し過ぎではありませんこと？」

「あァ？」

「霊崩災害《れいほうさいがい》以降から、私たちのパワーバランスは一変しましたわ。希少種の力の全ては過去の栄光。魔力量に任せた愚かな戦い方しかできない脳筋種族に、私たちが劣るはずもありません。それこそ、伝説と名高い、無休の箱《エリシオン》でも手に入れぬ限り、希少種の逆転は不可能ですわ」

無休の箱《エリシオン》――それは無限の魔力をもたらす奇跡である。

無休の箱《エリシオン》は無尽蔵の魔力を内包しており、その魔力を他者に移す機能まで保持している。無休の箱《エリシオン》は異界とパスが繋《つな》がっており、異界に溢《あふ》れる潤沢なマナを無制限に取り込めるため、魔力切れという概念がない。

曰《いわ》く、それは此《こ》の世の物とは思えぬ美しさの宝石である。

曰く、それは三対の翼を携えた煌々《こうこう》たる天使である。

曰く、それはどこにでもいる少年のカタチをしている。

他にも無数の言い伝えがあり、その全てが突拍子もないものだった。

これだけ話に統一性がないのは、それがあまりにも現実離れした存在だからだろう。

「無休の箱《エリシオン》なぞ、御伽噺《おとぎばなし》を持ってこられてものう」

ユッテアーネは、ティーカップに口をつける。

誰も、無休の箱《エリシオン》の存在など信じてはいない。

追い詰められた希少種の醜い願望が作りだした、精神的な拠《よ》り所《どころ》に過ぎない。

そんな、この世の法則を捻《ね》じ曲げたような存在でも信じぬ限り、正気を保っていられなかったのだろう。希少種の立場になって考えてみれば、それも理解できる。

「ええ。だから、不可能だと言っているのですわ。最近は、新たな固有魔法を無制限に創造する、なんて尾鰭《おひれ》まで付く始末。希少種の妄想力もここまで来ると可哀《かわい》そうになりますわ」

「ははッ、それだけはありえねェな。無尽蔵の魔力だけでも眉唾ものだが、そこまで行くと偶像にしても出来がわりぃ」

もちろん、四大種族の総力を挙げて無休の箱《エリシオン》を調べた。

唯一、四大種族を脅かすモノなのだから、当たり前だ。たとえ、御伽噺の、伝説の、架空の、なんて枕詞《まくらことば》が付こうとも、労力を割く価値は大いにあった。

その結果、やはり無休の箱《エリシオン》など御伽噺だったと判断されたのだ。

異なる魔力型にも同調する魔力。しかも、異界からその魔力を引くため、実質無限の魔力量を誇るなどという、都合のいい兵器など存在しなかった、と。

固有魔法の無制限の創造に関して言えば、その筋の専門家でなくとも、不可能だとわかるほどだ。

「それでも、もし、無休の箱《エリシオン》が、存在したらと考えると、恐ろしくて夜も眠れぬよ。それがあるだけで、私たち四大種族を滅ぼし得る力が手に入るのだから」

「相変わらず、人類種《ヒューマン》のオッサンは心配性だなァ」

「そんなもの、存在しませんわよ。心地のいい幻想に固執して、現《うつつ》から目を逸《そ》らすとは、希少種とは嗤《わら》えるほどに滑稽ですわ」

フィンレールの呟《つぶや》きを、イーリエン、ティアニーは軽く笑い飛ばす。

「ま、今は希少種のことはいいだろ。目立った動きもねェし……強いて言うなら、妖狐種《ルナール》のお姫様は仕留めておきてェってくらいだが」

イーリエンは、それも時間の問題だろ、と付け足した。

それから、再び場は沈黙が支配する。

司会役の男がおどおどしながら、会議の締めに入った。

それぞれ決まった報告をし、兼ねてから議題に上がっていた件について形だけでも話を進めた。今までと何ら変わりない退屈で、しかし、必要な会議だった。

だが、何だろうか。この胸騒ぎは。

言い表しようもない不安感に、フィンレールは覚《さと》られぬよう息を吐く。

気づかぬうちに、遅効性の毒を食《は》んでしまったかのような、そんな感覚だ。

いいや、気のせいだろう。何を根拠のない不安に囚《とら》われているのか。最近は業務に追われ寝不足だったから、ナーバスになっているだけだ。きっと、そうだ。

そう思い、すっかり冷めきった紅茶に視線を落とした。

◇

「かぷ――っ、んん、ちゅ、じゅる」

艶《なま》めかしい水音と、微睡《まどろみ》の向こうに感じるチクリとした痛み。

息苦しくも、柔らかな感触。

鼻先を掠《かす》める髪先に、くらくらするような甘やかな香り。

「はんむ……れろ、んん」

たしか、異世界に呼ばれて、自分はエサのようで、吸血鬼《ヴァンパイア》の女の子と出会って、客間まで案内されて――そんな鈍い思考が巡り。

引き上げられるように、ヒグレの意識が徐々に覚醒する。

寝ぼけ眼を擦《こす》ると、ぼやけた視界にはローズピンクの髪を揺らす美少女が映った。

「んはぁ……あれ？　ヒグレさんやっと起きたんですかぁ」

薄いネグリジェに身を包んだリリティアは、ヒグレに馬乗りになっている。

口端からは血と唾液が滴り、頬は紅潮し、瞳はどこかぽやっとしていた。魅入られたかのようにヒグレを見つめ、ふっへっへ、とだらしない笑みをこぼす。

ルビーの瞳は、ヒグレを捉えて妖しく揺れる。

もし、これが漫画の世界ならハートマークでも映されていただろう。

「ちょ、は、リリティア――っ!?」

「安心してください。夜這《よば》いをしただけです♡」

「どこに安心すればいいんだ!?」

ヒグレは、違和感に慌てて首筋に触れる。

手には、血と唾液の混じった液体が付着した。

すると――べちょり。

「え……な、は？　マジで喰《く》われたの？」

「はぁい。とっても美味《おい》しかったですぅ。いえ、本当にこんな美味しい血は初めて飲みました！　私、もうヒグレさん以外の血は飲みません♡」

「本当に喰われてるじゃん！　ちょまって、本当にちょっと待って!?」

ヒグレは何とか起き上がろうとするも、太腿《ふともも》でがっしりと挟まれ、ビクともしない。

「私吸血鬼《ヴァンパイア》なのでぇ、定期的に血を摂取しないといけないんですよぉ。普段は、豚の血とかで繋いでるんですけど、我慢できなくて♡」

リリティアは、えへ、と首を傾《かし》げた。

「え？　俺死ぬ……？」

「大げさですねぇ。ちょっと血を吸われたくらいじゃ死にませんようぅ」

言うと、リリティアはヒグレの胸元へ倒れ込んできた。

そのままギュッとヒグレに抱き着き、血を吸った首元に舌を這《は》わせる。

リリティアの吐息が直で感じられ、くすぐったい。

柔らかな舌が傷口を淩《さら》い、ピリリとした心地よくも思える痛みが流れた。

「ちゅぷ、っはぁ……ふっへっへ」

「おい、リリティア!?」

「らんれふかぁ……？」

ちゃぷ、ちゃぷ。

名残惜しそうに、舌が傷口を這う。

「もういいだろ？　一回血を飲んだんだよな？」

「そのつもりだったんでふけどぉ、ヒグレさんが美味し過ぎてくらくらしてきちゃってぇ」

リリティアはヒグレの胸元に指を這わせ、ふぅと耳に息を吹きかける。

思わず、身体《からだ》がびくりと震える。

動けないのは、リリティアの怪力故か、別の意志が働いているのか。

そんな思考を覚ってか、リリティアは愛《いと》おしそうに笑った。

「あ、でもぉ、これじゃあ、フェアじゃありませんよね」

リリティアは両手をヒグレの顔の横に付けると、ジッと正面から見つめた。

「代わりに、ヒグレさんも私を食べていいですよぉ？」

「俺、血なんて吸わねえよ!?」

「性的な意味で♡」

リリティアの艶《あで》やかな声音に、思わず生唾を飲み込んだ。

柔らかそうな唇。

汗ばんだ肌。

上気した頰。

長い睫毛《まつげ》。

揺れる瞳。

少し視線を下げれば、そこには豊満なバストが――。

「お、お、お前⁉　本当はサキュバスだろ⁉」

「いえいえ、ただのえっちな吸血鬼《ヴァンパイア》です♡」

身体中が熱く滾《たぎ》るのがわかる。

リリティアの熱に当てられてか、上手《うま》く思考が回らない。

「ヒグレさんなら、いいですよ？」

リリティアは、優しくヒグレの頬を撫《な》でる。

ジワリと口の中に唾液が広がり、身体が強張《こわば》る。

「やらしくしてくださいね？」

「優しくみたいに言うな⁉　ちょっと一旦落ち着こう？　冷静になろう」

「えぇ？　ヒグレさんだってヤる気満々じゃないですか」

リリティアの細い指がつうと腹部を撫で、そのままゆっくりと下がっていく。感覚がやけに鋭敏になる。身体がびりびりと痺《しび》れ、このまま身を委ねてしまいたくなる。

「ほらぁ、アソコだってこーんなに固く――」

そして、リリティアの指がヒグレの陰部に触れたところで――。

「だあありゃっしゃあああい――ッ‼」

ヒグレはリリティアを突き飛ばし、思い切り起き上がる。

リリティアは、「きゃうん」なんて可愛《かわい》い声を漏らして、ベッドにひっくり返った。

「はあはあ――っ、マジで喰われるところだった」

恐怖と、背徳感と、緊張感と、性欲と、快楽と。

ごちゃごちゃになった脳みその中身を散らすように、ヒグレは頭を振る。

「おい！　このビッチ！」

「処女です！」

「嘘《うそ》つけ！」

「確かめてみますか♡」

ひらり、とネグリジェを捲《まく》るリリティア。

白く艶めかしい太腿が視界に入り、ヒグレは慌てて枕を投げつけた。

「きゃうん――っ」

リリティアの顔面にクリーンヒット。

ヒグレははだけた服を雑に着直して、立ち上がる。

「お前、ほんっと――ッ、このっ、エロ吸血鬼《ヴァンパイア》！」

未《いま》だぽやあっとした様子のリリティアを置いて、逃げるように部屋を後にしたのだった。

◇

「ヒグレ君、どうしたの？　顔が赤いわ」

「いや、ちょっと今朝のことを思い出して……」

「どうして前屈《まえかが》みになっているの？」

「いや、腰が痛くて……」

「姿勢を悪くしているとよくない。無理やりにでも、背筋を伸ばすといいわ」

マイヒメはヒグレの背後に回り込む。

胸を手で押さえ、腰を反らすようにグッと腰を押して来た。やはり、マイヒメもその小さな体軀《たいく》からは考えられない剛力で、抗《あらが》うことができない。

「ちょ、ま、止《や》めてえええ……」

ヒグレは羞恥に顔を赤くしながら、マイヒメに無意味な抵抗をするのだった。


「さ、いきましょう」

ヒグレは、マイヒメに連れられて王都へ繰り出していた。

メインストリートよりは落ち着きがあり、一定の温かさを感じるような心地よい喧騒《けんそう》。

通りの両端には、飾り気のない無骨な看板が並んでいる。ヒグレは、この世界の文字が読めなかったから、絵で表してくれるのはありがたかった。

異界の服は目立つから、とリリティアに渡された衣装を、ヒグレは纏《まと》っていた。マイヒメの隣、物珍しそうに辺りを見回しながら、街を歩く。

「――『白尾《はくび》の冠《かんむり》』これが、マイヒメたちの組織名なんだよな」

ヒグレの呟《つぶや》きに、マイヒメは小さく頷《うなず》いた。

現在、『白尾《はくび》の冠《かんむり》』は希少種の仲間を募り、力を蓄えている最中だという。

その過程で、ヒグレの力も必要になったということなのだろうが。

「……俺、マジで役に立てる自信ないぞ」

「安心して、ヒグレ君だけが頼りよ」

「何をどう安心しろと？　不安しかないよ？」

昨日は勢いのまま大口を叩《たた》いたが、正直、自信はない。しかし、役に立たないヤツだとバレ、異世界に放り出されるのも困る。ヒグレは、切実に身の振り方に悩んでいた。

「まずは、そうね……ヒグレ君には、できるだけ早くこの世界に慣れてもらいたいの」

「それは頑張るけどさ……なあ、おヒメちゃんよ」

「なに？」

「どうして、俺たちは手を繋《つな》いでいるんだ？」

廃教会地下の拠点を出てから、マイヒメはずっとヒグレの手を握っていた。

マイヒメの尻尾は、ご機嫌に揺れている。

別にヒグレも嫌だというわけではないが、恥ずかしさはあった。

「まいごになるといけないわ」

「いや、さすがに大丈夫だろ」

「ヒグレ君は人類種《ヒューマン》だけど、まったく安心とは言えないわ。魔法を使えば、人一人攫《さら》うなんて難しくないの。ヒグレ君は身ぐるみ剝がされて、物好きな貴族に売られるかもしれないわ。裏ルートに流されて人体実験をされるかもしれないわ。丸腰で魔獣と戦わされて貴族の見世物にされるかもしれないわ」

　ヒグレが心配のし過ぎだと笑うと、マイヒメは真剣な眼差《まなざ》しを向けてきた。無表情で淡々と攫われたヒグレの末路を語る。全く冗談を言っている顔ではなかった。

　ここは剣と魔法のファンタジー世界である。

　たしかにヒグレの認識が甘かったかもしれない。

「マイヒメ……手、離さないでくれな」

　ヒグレはサッと顔を青くし、声を震わせる。

　マイヒメは対照的に、満足げな様子でピースサインをした。

「そういえば、フードは被《かぶ》らなくていいのか？」

　マイヒメの白髪と獣耳は特徴的だ。獣人族に紛れるのかもしれないが、見る人が見れば、マイヒメが希少種であることは一目瞭然だろう。

「ん。このローブ自体が、認識阻害のできる魔具だから」

「リリティアは、フード被ってたような……」

「念には念を、その気持ちもわかるわ。でも、よほどの実力者でなければ、見破れない、はず」

それから、ヒグレの体質、魔力、魔法についても解き明かしていこうという話にもなった。

魔法が使えるかもしれないと聞けば、心躍るものがある。

しかし、不安もあった。

もし、魔法が使えなかったら。実は魔力量も大したことがなかったら。ヒグレの存在価値が全くないとわかってしまったら。

（いやいやいや、我異世界人ぞ？　選ばれた存在ぞ？　そんなまさか……ねえ？）

しばらく歩き、木造の店の前でマイヒメは足を止めた。

看板には、二本の剣が交差した絵が描かれている。ドアベルを鳴らして中に入ったそこは——武器屋だった。

「例のモノはできあがっている？」

マイヒメは他に客がいないことを確認すると、口を開いた。

ニット帽を深く被った土精種《ドワーフ》の店主に話しかける。

褐色肌で背が低い。強面《こわもて》で、融通の利かない頑固おやじといった印象だ。

店主は黙って頷くと、店の奥に引っ込んでしまう。

店内には、多彩な武器が並べられていた。

長槍《ながやり》や、戦斧《せんぷ》、槍斧《ハルバード》、棍棒《モーニングスター》。その中でも、最も多くを占めているのは、西洋剣だった。傘を立てるように樽《たる》に雑多に詰められた鉄剣から、壁に掛けられた素人目でも洗練されたモノだとわかるような一振りまで多種多様。

「預けていた剣を取りに来たの」

「マイヒメは武器を使うのか？」

リリティアの戦う姿を見たが、彼女に武器を扱う素振りはなかった。相手のハランと呼ばれた女性も同じくだ。この世界での戦闘スタイル、いわゆる職業《ジョブ》のような区分がよくわからなかった。

「ん。剣も魔法も。お姫様だから」

そして、マイヒメの返答もよくわからなかった。

よくお姫様と言っているが、そういうモノに憧れるお年頃なのだろうか。

土精種《ドワーフ》は手先が器用な者が多く、他種族に比べて魔力が物質に定着しやすいという特徴を持っている。故に武具や、魔具、魔法武器の精製に長《た》けているとマイヒメが説明してくれた。

戻ってきた店主の手には、一振りの剣が握られていた。

「はいよ」

「ん」

「よく手入れされている。ただ、少し無理な使い方をしたな」

マイヒメは、鞘《さや》に納まった剣を取り出し、刃を店内の魔石灯に掲げた。漆のような黒の刃は、淡い光を受けて鈍く光る。触れるだけで肌が裂けてしまいそうな妖しいまでの鋭さを携えた一振り。一メートルほどの片刃の剣。ヒグレの言葉で言うなら——日本刀。

マイヒメは慣れた手付きで黒刀を振ると、ゆっくりと鞘に納めた。

「……助かるわ。あと、これを」

マイヒメはシンプルな装飾の短剣を指差した。

店主は短剣を手に取り、ヒグレを一瞥《いちべつ》する。「はいよ」とだけ言うと、カウンターの奥へ引っ込んでいった。マイヒメは、黒刀のメンテナンス代を含めて支払いを済ませた。

店主に軽い会釈をして、武器屋を出る。

「プレゼント」

マイヒメは、先ほど買った短剣をヒグレに差し出してきた。

「おお。サンキュ」

「ヒグレ君の力は貴重なものだから。何かあったらこれで自決して」

「……」

「冗談。お姫様ジョーク」

真顔で首を傾《かし》げる、マイヒメ。

全く笑えない冗談だった。

「護身用。ないよりはマシだと思う、から」


ヒグレはマイヒメと再び手を繋ぎ、次の目的地に連れられてきた。

中は人でごった返しており、出入りも多い。武装している者が多く、どこか空気もピリピリとしていた。飛び交う怒号に歓声。独特の熱気に当てられ、ヒグレの気分も高揚する。

「そうそう！　そうだよ！　こういうのだよな！　異世界と言えば！」

ファンタジー世界の代名詞——冒険者ギルド。

カウンターでは受付のお姉さんたちが冒険者を捌《さば》いており、左手側の壁一面には雑に依頼書が張り付けられていた。両端には二階に続く曲線階段が延びている。二階は、一階に比べて人が少なく、また、雰囲気も違っていた。落ち着いてはいるが、むしろ一階より張り詰めた空気を感じる。上級冒険者のみが入れるエリアといったところだろうか。

「そんなによろこばれるとは思わなかったわ」

「冒険者！　巨大なモンスターを倒して一攫千金《いっかくせんきん》！　無名からの成り上がり！　金銀財宝でうっはうは！　そういうもんだろ？　なあ！」

「今時、そんな認識の人もいるの、ね。あ……ヒグレ君の世界だと、そうなのかしら」

期待に胸を膨らませてマイヒメに詰め寄るヒグレ。

マイヒメは普段の無表情を湛《たた》え、不思議そうに首を傾げていた。

「冒険者は常に死と隣り合わせだし、法整備もあまりされていないわ。冒険者登録するにあたって詳しい身分を聞かれないのは、わたしたちにとってはありがたいけれど、それだけに荒くれ者も多い」

「ほう……？」

「加えて、あまり稼げないわ。一発当てて一攫千金なんて、ほんの上澄みよ。優秀な魔道士や剣士は、みんな王国の魔道騎士になる。給与も待遇もいいし、将来の見通しもきくから」

「えっと……？」

「まともな職につけなかった落ちこぼれか、経歴に傷があって普通に働くことのできないはぐれ者が働くのが冒険者。希少種もたまにいるわ。多分、見逃されてる。それだけ、人手が足りないのね」

淡々としたマイヒメの説明に、一気に冷静に引き戻される。

夢と希望に溢《あふ》れた冒険譚《ぼうけんたん》が、世知辛い現実に上塗りされていくのを感じた。

冒険者を夢見てこの業界に飛び込む物好きも一定数いるらしいが、そういうヤツのほとんどが現実を知って辞めるか、命を落とすかしているとのこと。

「え、冒険者ってフリーターとか派遣みたいな扱いなの……？」

「それはよくわからないけど……ある程度実力があれば、ちゃんとお金になるわ」

冒険者ギルドは民間の組織のため、国の公的機関に比べて、希少種に対する敵対意識は薄いらしい。と言っても、バレれば問題になるし、肩身が狭いのは変わらない。冒険者ギルドにとって利益がある内は、見て見ぬふりをしているのだろう。

「進行中の依頼の報告があるから、わたしはちょっと行ってくるわ。ここで待っていて？　絶対に知らない人についていっちゃダメ、だよ？」

「いかねえよ！　俺は子供か!?」

そう叫ぶと、マイヒメは「いえい」と両手でピースサインを作る。

なんのピースかよくわからなかったが、ヒグレも何となくピースサインを返した。

こうしてヒグレは一人取り残され――しばらくすると、近くで男の強い胴間声が響いた。

「っざけんじゃねェ！　どう責任取ってくれんだ？　あァ？」

二メートルはあろうかという狼人種《ライカンスロープ》の男が、ローブを纏った女性に詰め寄っている。

女性は壁際で身体《からだ》を縮こまらせていた。フードからは薄緑色の髪が覗《のぞ》いている。緑精種《エルフ》だろうか。

冒険者ギルドでは、日常茶飯事なのか、周りの者は見向きもしない。

「こりゃ、どう見ても不良品だろ。ほら、魔力が一切入ってねェ。サービス精神が足りねえよ。魔力くらい、店の方で満タンにしといてくれや」

男はバスケットボールくらいの大きさの螺旋状《らせんじょう》の溝が入った魔具を掲げて、言った。

「そんなこと言われても困ります……このアタタカ君はそういう物です。お客さん自身で魔力を入れていただいて……」

「あァ？　俺の手で何日もかけて、魔具に魔力を溜《た》めろってか？　何がアタタカ君だ。おちょくってんのか！」

「その方が後々の魔力変換効率がよくて……それに名前は可愛《かわい》いよね……？」

「口答えしてんじゃねェよッ！」

「……っ、すみません」

鋭い牙を見せて凄《すご》む狼人種《ライカンスロープ》の男に、怯《おび》えた声を漏らす女性。

見かねたヒグレは、二人の間に入り、男の持つ魔具を手に取った。

「なんだ？　邪魔すんなよ、人類種《ヒューマン》のガキ」

ヒグレは不思議な形のソレを見て、首を傾げる。

この魔具が何かはわからないが、魔石灯と同じで魔力を込めれば動くはずだ。その方法は、リリティアに教えて貰《もら》った。分かりやすく言えば、魔具は家電で魔力は電気。

魔具に魔力を補充されていないから憤っているということなら。

「俺、人よりちょっと魔力多いっぽいんで。代わりに補充しますよ」

「あァ？」

血液の流れを感じて、熱を通して手のひらに集めるイメージ。

しかし、魔具はうんともすんともいわなかった。

（うん……教えて貰ったけど、魔石灯の時も上手《うま》くいかなかったもんな！）

身体中を魔力が巡っている感覚は何となくわかるが、どうにも、それが魔具に注げている手応えはなかった。魔石灯の時のように、破裂しなかっただけよかったものの、これでは何の解決にもならない。

「あは、あはは……今日はちょっと調子悪いのかな！」

そんなヒグレの様子を見て、狼人種《ライカンスロープ》の男の表情は険しくなっていく。

「テメエ、ふざけてんのか？　何が、人より魔力が多いだ！　くだらねえ嘘《うそ》つきやがって。テメエの身体からは魔力を全く感じねえ」

「え……マジ？　俺実は魔力ないの？」

リリティアには魔力譲渡ができたし、彼女たちの話を聞く限り、そんなことはないと思うのだが……目の前の男が嘘を言っているようにも見えなかった。

「腹立つな、クソがッ」

狼人種《ライカンスロープ》の男は舌打ちをし、拳を握る。

それを流れるような動作でヒグレの腹部へ繰り出した。

「ぐぅ――っ、がはっ」

咄嗟《とっさ》のことに腕を挟むこともできず、クリーンヒット。

ヒグレは膝を折り、身体を丸めて床に蹲《うずくま》った。

思えば、誰かに思い切り殴られたのなど初めての経験かもしれない。

「はッ、軽く小突いただけでこれかよ。弱すぎんだろ」

「君！　大丈夫!?」

ローブの女性は、ヒグレに駆け寄ると優しく背中を撫《な》でる。

痛みを堪《こら》えながら顔を上げると、心配そうに瞳を揺らす少女の顔が目に入った。

さっきは深くローブを被《かぶ》っていて見えなかったが、整った顔立ちをしている。翡翠《ひすい》の瞳に、緑精種《エルフ》特有の長い耳、形のいい困り眉。優しいお姉さんといった表現が似合う、穏やかな雰囲気。

ヒグレは何とか立ち上がろうと膝を立てると、再び衝撃が走った。狼人種《ライカンスロープ》の男に再び蹴り飛ばされ、床を転がる。挙句、握っていた魔道具を乱暴に奪われた。

「ちッ、興が醒《さ》めた。テメエの店では二度と物買わねえからな！」

ヒグレに唾を吐きかけると、男は、この場を去っていった。

「ごはっ、ごほっ……異世界こっわ……マジで死ぬかと思った。今のはマジでヤバかった

「……っ」

ヒグレは、とりあえずの脅威が去ったことで身体から力が抜ける。と共に、腹部の痛みが鮮明に感じられて、苦い顔をした。

「ごめんね、私のために……！　怪我《けが》はない？　私、治癒魔法使えるから、殴られたところ見せて？　痛いよね？　泣かないで偉いね？　頑張ったね……！」

緑精種《エルフ》のお姉さんは、腹部を押さえるヒグレを見てあわあわとしている。

「こ、こんくらい何でもねえよ！　ほら、元気！」

それを見たヒグレはバッと立ち上がり、両腕で力こぶを作った。

「ファンタジー世界なんだから、この程度のトラブルは日常茶飯事……むしろ、おいしいイベントのはずだ……うん、大丈夫。全然、大丈夫。耐えられる……全然、前向き」

と、自分に言い聞かせていたら、再びズキズキと痛み始める。

「いてて……」両手で腹部を押さえた。

「ほら、やっぱり痛いんでしょ？　私に見せてみて？」

「大丈夫だって！　いや、ほんと余裕だから！」

「そんなに苦しそうな顔してるのに？　そうだ、名前は？　ほら、改めてお礼もしたいし」

「いや、結局何もできてないし、お礼とか要らねえよ！　あと、えっと……そう、知らない人に付いていっちゃダメって言われてっから！」

そうだ。トラブルに巻き込まれて、挙句一発殴られて蹲り、助けたお姉さんに気を遣われている場などマイヒメに見られたら、なんと言われるかわからない。呆《あき》れられるかもしれないし、更に子ども扱いされる可能性もある。

見た目なんて、マイヒメの方がよっぽど子供なのに……！

「お前も変な人に付いていくなよ！」

「え、ちょっと……！」

ダメだ。これ以上、ここにはいられない。

こうして、ヒグレは慌てて冒険者ギルドを後にしたのだった。

脱兎《だつと》の如《ごと》く走り去る少年を見て、緑精種《エルフ》の少女は呆然《ぼうぜん》と立ち尽くす。

すぐに追いかけようと思ったのだが、冒険者たちの喧騒《けんそう》に飲まれ、彼の姿はすぐに視界の外へ消えてしまった。

何とも不思議な雰囲気の少年だった。

大事《おおごと》にしないように、わざと拳を受けたのだろうか。

狼人種《ライカンスロープ》の男は彼をバカにしたが、いくら魔力総量が少なかろうと、ゼロだなんてありえない。多少、オドと魔力門《ゲート》、魔力受容体についての学があれば、それくらいわかる。

それに彼は――。

「魔力がなかったんじゃない……むしろ――」

いや、しかし、人類種《ヒューマン》の彼に対して、その推測は荒唐無稽すぎるだろうか。

魔力が多すぎて感知できなかった、だなんて。

希少種の中でも特に魔力総量の多い吸血鬼《ヴァンパイア》や天翼種《アーンギル》、森霊種《ニンフ》でも感知できない程の隔たりなんてありえないというのに。

「でも、もし……もしそうだとしたら、ヒメちゃんたちの力になるのかな」

少女は、しばらく人類種《ヒューマン》の彼のことが頭から離れなかった。

◇

「ヒグレ君、お腹《なか》を押さえてどうしたの？　何かたべる？」

「いや、今食ったらゲロっちゃう……」

「そう。なら、今晩は豪勢にステーキね」

マイヒメの思考回路が謎すぎる。

しかし、こちらを向いて無表情でピースをする彼女に、悪意は感じられなかった。

「冗談。お姫様ジョーク」

いや、やっぱり悪意はあったのかもしれない。

冒険者ギルドを出たヒグレは、出入り口でマイヒメを待ち、合流。

今日の予定は、残すところ食材の買い出しのみらしい。

「なあ、マイヒメ。俺って本当に魔力多いのか？　実は、常人よりめちゃくちゃ少ない可能性ないか？」

ヒグレは、狼人種《ライカンスロープ》の男に言われた言葉を思い出し、問う。

「それはない、よ。ヒグレ君は魔力譲渡をして、リリの器を満たしたと聞いた。リリは、全種族合わせてもトップクラスの魔力総量をほこるの」

「まあ、そうか……」

では、なぜ狼人種《ライカンスロープ》の男は、ヒグレに魔力が全くないと言ったのか。

まさか、ヒグレの魔力量を測りかねたというわけでもないだろうし……謎である。

「それなら、俺も魔法を使えるんだよな？」

「魔力譲渡をした際、足元に魔法陣が現れたと言っていた。それも魔法の一種だと思う。多分……固有魔法」

「でも、俺の世界に魔法なんてなかったし、練習とか、修行とかもしたことないぞ？」

「固有魔法は過程を無視して、習得の確信だけを残す。まるで、翼など産まれた時から生えていたかのように。魚が泳ぎ方を忘れることなどあり得ないように。自然に使える。だから固有魔法は才能の域。もちろん例外はあるけど」

「つまり、俺には魔法の才能がある……！」

マイヒメは、肯定するように両手でピースをした。

「じゃあ、新しく魔法を覚えたりもできるのか？」

正直、あの魔力譲渡が魔法だと言われても、実感が湧かない。

それに、ただ魔力量が多くて、他人に魔力を移せるだけだと、本当に役割がエサである。魔力タンクである。むしろ、人格などついていない方がいいような役割である。

「試してみる？」

「できるのか!?」

「ん。ヒグレ君には、きっと才能があるわ」

マイヒメは、両手を合わせて三本の指を立てる。

「魔法には大きく三つの区分がある。一つは固有魔法。これは、簡単に言えば、その個人特有の魔法。もう一つは、専用魔法。これは、その種族のみが使える魔法。最後に汎用魔法。これは誰でも覚えられる魔法」

「つまり、俺は人類種《ヒューマン》の専用魔法と、汎用魔法なら覚えられるってことか」

「人類種《ヒューマン》だけは、専用魔法がない」

マイヒメは首を横に振って言った。

何とも不遇な種族である。人類種《ヒューマン》が四大種族最弱だったりするのだろうか。

「その代わり、人類種《ヒューマン》は魔力変換効率がいい傾向がある」

「少ない魔力量で、最大限の力を発揮できる、と」

「ん。霊崩災害《れいほうさいがい》があったおかげで、これが結構重要だったりする」

霊崩災害《れいほうさいがい》により、魔力自然回復量が減少した今、魔力消費量が少ないことは、それだけで大きなアドバンテージとなるようだ。

「どちらにせよ、ヒグレ君が最初に覚えるのは初級の汎用魔法よ」

マイヒメは、数歩前に出てヒグレから距離を取る。

右手を天に掲げると――。

「――【水球《ウォーター》】」

魔法陣が展開し、直径一メートルほどの水球が空に打ち上げられた。勢いよく迸《ほとばし》る水の球はすぐに見えなくなり、しばらくすると二人の下《もと》に細かな水滴が降り注ぐ。

「こんな感じ。やってみて?」

「えっと……やってみてと言われても」

この魔法は初めて見たし、魔法という概念すら最近知ったのだ。見よう見真似《みまね》でどうにかなるとは思えないのだが……マイヒメはジッとヒグレを見つめるのみ。

居たたまれなくなったヒグレは、同じように右手を天に掲げて踏ん張ってみた。

「【水球《ウオーター》】――ッ」

しかし、当然のように何も起こらなかった。

「ちがうわ。もっと魔力をぶわっとさせて、ごおおおっって感じよ」

「えっと……【水球《ウオーター》】――ッッ！」

もう一度挑戦してみるも、やはり何も起こらない。

「全然違うわ。ヒグレ君のはぎゅおってなって、ぶわって感じ」

マイヒメは首を横に振ると、再び【水球《ウオーター》】を発動してみせた。

「ほら、全然ちがう。わかるでしょ？」

「何もわかんねえわ……！」

マイヒメの言語化が絶望的に下手だ。

何一つ伝わってくるものがなかった。初心者にする仕打ちではない。

「ヒグレ君……才能ないのね」

「さっきは、才能あるって言ってくれたのに！」

「お姫様ジョーク」

「どっちが!?　ねえ、どっちがジョーク!?」

マイヒメは口元に手を当てて、首を傾《かし》げる。

首を傾げたいのは、どう考えてもヒグレの方である。

「属性で向き不向きがあったりするから、他属性の初級魔法を試してみる？　リリも水属性の魔法は中級までしか使えないし」

「そういうレベルの問題じゃない気がするんだけど……」

マイヒメの狐耳《きつねみみ》がピクリと動く。

と思ったら、弾《はじ》かれたようにヒグレの方へ右手を掲げた。

「……あ、ヒグレ君、動かないで」

ぶわりと魔力が起こるのを感じ、魔法陣が展開する。

突然のことに、言われるまでもなくヒグレの身体《からだ》は硬直した。

「え、ちょ、マイヒメさん!?」

「静かに」

「俺処分!?　才能ないから!?　いや、今のは冗談というかね。俺まだ全っ然本気出してないっていうか――」

ヒグレはせわしなく両腕を動かして訴えかけるも。

「――【火球《ファイヤ》】」

マイヒメは無表情で淡々と魔法を発動する。

「ぎゃあああああ――っ!?」

悲鳴を上げ、目を瞑《つぶ》って身体を縮こまらせるヒグレ。

火球は、ヒグレの髪先を焦がして、顔面の真横を通り過ぎた。

そして、「ぎゃあああああああああ――っ!?」ヒグレの叫び声に重なるように、男の野太い悲鳴が背後から響いた。

恐る恐る振り返ると、そこにはマイヒメの【火球《ファイヤ》】を受けて黒焦げになった人類種《ヒューマン》の男が地面に伸びていた。男は何かを大事そうに抱えており、身体からはぷすぷすと煙が上がっている。

「えっと……?」

ヒグレは訳が分からず、男とマイヒメとを交互に見やる。

マイヒメが「ん」と言って、焦げた男を指差すと、そこへ一人の女性が走ってきた。

「だれかあああ、その男を捕まえてくださいいいい、ひったくりですうう！」

女性は、地面で伸びている男を見て、はたと動きを止める。

「って、倒れてる……」

不思議そうに男を見て、次にマイヒメを見る。

マイヒメは気にするなとでも言うように両手でピースサインを作るのだが。

「でも、私のバッグも燃えてる……」

女性は男が抱えていたバッグを手に取って、悲しそうに呟《つぶや》いた。手に取ったバッグは、風に吹かれてボロボロと崩れていった。

それを見て、マイヒメの顔にだらだらと汗が滲《にじ》む。

「ヒグレ君、わたしは緊急の用事を思い出したわ」

「ちょ、おい？　マイヒメ？」

「思い出した、わ……！」

言うと、慌ててフードを深く被《かぶ》る。

マイヒメは気まずそうに女性から視線を逸《そ》らし、逃げ出した。

ヒグレは慌ててマイヒメの後を追いかけるのだが、背後から女性の「うわあああん、彼から誕生日に貰《もら》った大事な物だったのにいい」という叫びが聞こえた。心底いたたまれなかった。

◇

「はいはーい。めんどーだけど、通行止めね」

マイヒメが【火球《ファイヤ》】でひったくりの男とカバンを燃やし、逃走した後。

ヒグレたちの前に、猫人種《ウエアキャット》の少女が降り立った。

肩の辺りまで伸びたクリーム色の髪に、猫のような獣耳。細い尻尾。ジトッとしたブラウンの瞳。口調は気だるげで、全体的にやる気がなさそうなのだが、その服装は見覚えがあるものだった。

ヒグレがこの世界に来た時に襲ってきた、ハランも同じ制服を纏《まと》っていた。たしか、べリア王国魔道特別部隊だったろうか。

マイヒメもその制服から正体を察したのだろう。無表情に、再び汗が滲む。

「燃えちゃったのは故意じゃないわ」

「いや、なんの話？」

「うちのマイヒメもね、悪気があったわけじゃないんですよ！　むしろ、よかれと思ってね！」

ヒグレも慌てて援護射撃をするが、少女の頭上にはハテナマークが浮かぶ。

「はあ、何言ってんのかわかんないワケ。ウチもさ、本当は知らないふりしたかったんだけどさ。さっき見ちゃったから――あんな規模の初級魔法、希少種しか打てないっしょ？」

猫人種《ウエアキャット》の少女の言葉に、マイヒメの尻尾がピンと立つ。

一瞬で、場にピリリとした緊張感が漂い始めた。

これなら、カバンを燃やした件で問い詰められた方がまだマシだった。この少女の狙いは、ハランと同じ。希少種狩りだ。迂闊《うかつ》だった。マイヒメが魔法を使うところを見られていたのだ。

マイヒメはヒグレを庇《かば》うように前へ出ると、腰に吊《つ》るされた黒刀に手を掛けた。

すると、猫人種《ウエアキャット》の少女の下へ、三人の男たちが駆けつけて来た。

「はあはあ――っ、ルイルイさん。速すぎますよ」「やっと追いついた……せめて行先だけでも、言ってくださいって」「マジぱねっす」

彼らは、それぞれルイルイと呼ばれた少女に比べてシンプルな制服に身を包んでおり、同じく王国の魔道騎士であることが察せられた。

「いや、アンタら待ってたら逃げられたし。ああ、決まりだから名乗っておくね……王国魔道特別部隊ナインナンバー、ルイルイ・イレン」

「ナインナンバー……王国の最大戦力の一角が随分暇なのね」

「ウチらが暇なのはいいことじゃん。平和ってコトっしょ？」

マイヒメは腰を低くし、黒刀を握る。戦闘態勢へ。

「ま、仕事だからさ。魔獣崩れの希少種は、お掃除するワケ。めんご」

三人の魔道騎士は、ルイルイを守るように前へ出て、それぞれ抜剣した。

王国魔道特別部隊については、ハランとの一件があった後、リリティアから軽く説明があった。魔法と剣術、それぞれに特化した部隊もあれど、一般的な団員は、基本はそのどちらをも用いての戦いとなる。

つまり、彼らは剣を構えながら、魔法も使ってくるということだ。

「いちおー、ウチは王国最速らしいんだけど。だいじょぶそ？　どーせ逃げられないから、降参するなら、今のうちね」

ゆったりと短剣を抜き、余裕綽《よゆうしやくしやく》々なルイルイ。

ヒグレは、不安そうにマイヒメを見る。

「最速？　なにそれ、魔道騎士ジョーク？」

マイヒメは、そんなヒグレの心中を読んだかのように落ち着いた声音を以《もっ》て返す。

ピンと立った狐耳と尻尾。その背中からは一分の隙も感じられない。

「おかしなことを言うのね。わたし、自分より速い人を見たことないわ」

鯉口《こいぐち》を切ったマイヒメが魔法を発動。

「――【跳躍《タラリア》】」

すると、瞬《まばた》きの間にマイヒメの姿は消え、消えたと思ったら魔道騎士の男の前に現れた。

現れたと思ったら、既に刀は振るわれていて、乾いた金属音が鳴り、納刀。

「は――っ!?」

狼狽《ろうばい》の声はルイルイのものか、はたまたヒグレのものか。

それとも、腹部を一閃《いっせん》され――血飛沫《ちしぶき》を散らす魔道騎士の男のものか。

マイヒメに斬られた男は、前のめりに倒れ地面に叩《たた》きつけられる。

と、同時にルイルイの短剣が振るわれる。

「――【跳躍《タラリア》】、【跳躍《タラリア》】」

が、焦りを映した刃がマイヒメを捉えることはなく、再び姿を消す。今度は二人目の魔道騎士の男の背後に現れ、一閃。同じように、最後の一人の魔道騎士の男の横に現れ、一閃。

マイヒメは、たった三振りで、ルイルイ以外の魔道騎士を無力化してしまった。

「すげえ……」

感嘆するヒグレに、マイヒメは片手でピースサインして応える。

ルイルイは短剣を逆手に持って襲い掛かるが、マイヒメは余裕を持って大きくバク宙することで、回避。ヒグレの隣へ戻ってきた。

その衝撃で、マイヒメのフードが取れる。

雪のような白髪と獣耳、紅の瞳を見て、ルイルイは息を呑《の》んだ。

「……っ、あーね。そりゃ、速いわけだ。ヒイラギ家、血統の転移魔法。つまり、アンタが妖狐種《ルナール》の姫君――マイヒメ・ヒイラギか」

「はあ？　お姫様？　マイヒメって王族なのか!?」

「お姫様ジョークは、お姫様しか使えない、よ？」

「いや、お姫様を自称する痛いヤツかと思ってた……」

「……ヒグレ君、不敬罪。極刑」

ジトッとした目を向けてくるマイヒメ。

「何卒《なにとぞ》お慈悲を、お姫様！」

「仕方ない。プリン三つで手を打つ」

「……この世界にもプリンってあるんだ」

指を三本立てるマイヒメに、呆《あき》れるヒグレ。

対して、警戒心を最大限まで引き上げたルイルイは苦い顔をしていた。

「しょーじき、ここまでの大物と戦う心持ちじゃなかったけど、仕方ないか。希少種の王族って立場的にも、そのやっかいな血統魔法的にも、アンタを放置はできないわ」

血統魔法——先ほどマイヒメが説明してくれた、汎用魔法、専用魔法、固有魔法のどれにも当てはまらない区分だった。

ヒグレが不思議に思っていると、その思考を察したように、マイヒメは口を開いた。

「血統魔法は、その血筋のものだけが使える固有魔法。転移魔法は、ヒイラギ家相伝の魔法、だよ」

「固有魔法の中の、血統魔法。つまり、牛肉って括《くく》りの中の黒毛和牛みたいなことか」

「ん。よくわからないけど、美味《おい》しそうでいい例え」

「でもさ、結局希少種である限り、アンタはウチに勝てないよ」

そう。いくらマイヒメの魔法が強力だろうが、希少種には致命的な瑕疵《かし》がある。

ルイルイは四《よ》つん這《ば》いになると、尻尾をピンと立てて魔法を発動する。

「――【春雷《チュンレイ》】」

ゴロゴロと雷鳴のような重低音が鳴る。

それは、ルイルイの身体《からだ》から響いていた。

髪を逆立て、石畳を叩く。

身体中には雷が巡り、纏い、バチバチと音を立てながら、細く息を吐く。

「ヒグレ君、ちょうどいいから授業をしてあげる。獣人族は、基本的に魔力を体外へ放出せず、内部で運用することで身体能力を上げる専用魔法を使うわ」

ルイルイが石畳を蹴った瞬間、マイヒメの眼前に迫っていた――その速度、まさに雷鳴の如《ごと》く。ルイルイは雷を纏わせた短剣を振るうが、そこにもうマイヒメはいない。

【跳躍《タラリア》】を使ったマイヒメは、民家の側面に立つように張り付く。

「――っ!?」

しかし、ルイルイはマイヒメを一瞥《いちべつ》もせず、更に駆ける。

「悪く思わないで、ねっ」

その直線上にいるのはヒグレだ。

ルイルイは、やっかいなマイヒメを置いて、先にヒグレを殺《や》りに来た。

「――【転換《ペタソス》】」

が、ルイルイが突進した先には――マイヒメに斬られた魔道騎士の男。

ルイルイは片腕を地面に突き立て、緊急停止。

「――っ!? 入れ替わりの魔法!?」

ヒグレが立っていた位置に魔道騎士の男が。

魔道騎士の男が倒れていた位置に、ヒグレが。

対象の場所を入れ替える、これがマイヒメの転移魔法の一つらしい。

「ヒグレ君には手を出させない、よ？」

それからは、スピード自慢の魔道士二人によって、めまぐるしい戦闘が繰り広げられた。

バチバチと鳴り響く雷鳴と、乾いた金属音。

動きを止めることなく、猫のような素早い動きで辺りを駆け回るルイルイに、【跳躍《タラリア》】を駆使してルイルイを追い、黒刀を振るうマイヒメ。

スピードでは、どうしてもマイヒメにかなわないルイルイは、攻勢に出られないでいる。

その間に、ルイルイの身体には生傷が増えていった。

しかし、その攻防も長くは続かなかった。

「う、くう――っ!?」

蹴りによる一撃を腹部に受けたマイヒメが、身体をくの字に曲げてヒグレの下《もと》まで吹っ飛ばされる。マイヒメの軽い身体は地面を転がり、ヒグレに受け止められて、止まる。

【跳躍《タラリア》】を使えば、優に避けられたはずの一撃だったのに。

「マイヒメ――ッ！」

雷の衣を纏ったルイルイは、細く息を吐いて口元を拭う。

その身体には多くの切り傷が刻まれているが、マイヒメの方が疲弊しているように見える。膝を立ててゆっくりと立ち上がるマイヒメの息は荒く、触れた身体はひどく熱かった。

「認めるよ。アンタは、ウチより速い。でも、逃げることに注力すれば、致命傷を避けるくらいはできるワケ」

「手が出なかったわけじゃなかったのか……」

「手出してたら負けてたし、出なかったことには違いないよ。でも、アンタら希少種には、時間稼ぎが致命的じゃん？　もう、魔力ないんでしょ」

マイヒメのスピードを以てすれば、ほとんどの相手を一撃で仕留めることができただろう。実際、王国最速らしいルイルイが攻勢に転じることができなかった。

しかし、さすがは最速。

マイヒメに、これだけ【跳躍《タラリア》】を使わせられるのは、彼女くらいだろう。

魔力消費のことを考えれば、マイヒメとルイルイは相性が悪かったのだ。

「ヒイラギのお姫様はウチと戦う意味なんてなかっただろうし……それでも逃げなかったってことは、転移魔法にも距離に限りがあんの？　長距離移動の魔法もあったと思うけど、発動に時間がかかるのか、それとも魔力量の問題？」

ふらふらと立ち上がったマイヒメは、ゆっくりと黒刀を納刀する。

「よく喋《しゃべ》るね。不安、なの？」

「不安なのはアンタでしょ？　ヒイラギ家のお姫様が、他の希少種と同じように楽に死ねると思ってるワケ？」

「たしかに……わたしには、もう魔力が残ってないわ」

「だったら――」

「でも」

嘲るような口調のルイルイの言葉を遮るマイヒメ。

その紅の瞳には、確かな熱と強い意志が宿っていた。

「彼は、ただのお荷物でここにいるわけじゃないのよ？」

マイヒメは、ヒグレの腕に捕まり身体を寄せる。

「彼はわたしたちの大事な――エサよ」

マイヒメの言葉に、ルイルイは眉を寄せる。ポカンとしていた。

そりゃ、そうだ。ヒグレだって、マイヒメの言葉の意図を理解できないフリをして、同じような表情を浮かべたい。だって、あまりにも格好悪すぎるじゃないか。エサだなんて。

「ああもう！　結局、そういう役立ち方しかできないのかよ！」

マイヒメはヒグレの正面に回ると、両手で頬を包み込んだ。

「問題。魔力を内部運用する獣人族を相手にするとき、特に有用な手段とはなんでしょう？　わたしたちの戦いを見ていた、ヒグレ君ならわかるよね？」

「えっと…………」

首を傾《かし》げるヒグレを見て、マイヒメは愛《いと》おしそうにふと微笑《ほほえ》んだ。

そして、つま先立ちをすると。

「たくさん魔力があれば、力でねじ伏せられる」

キスをした。

柔らかな感触。

お日様のような温かな香り。

そして、身体中を巡り、湧き上がる熱。

嗚呼《ああ》、やっと実感できた。そう、この熱こそが魔力だ。

「ん……ふぅ、や……ぁ」

マイヒメが控えめに小さな舌を入れてくる。

ヒグレの中の熱が、マイヒメに流れ込む感覚。

魔力を吸い出され、熱を奪われ、しかし、心地いい。

「あぅ……んぁ……ちゅ、ぁぷ、んん」

じゅるじゅると水音が溢《こぼ》れ、唾液が混じり合う。

魔力が融《と》け合い、流れだす。心地よい痺《しび》れ。ちかちかと視界が明滅する。まるで互いの境界が曖昧になり、それが世界であるとでも言うように。

ヒグレの熱が、マイヒメを満たし、染め上げた。

「ぷはぁ……ん、たしかに、これはすごい……」

ヒグレから口を離すと、マイヒメはそっと唇に触れた。

上気した頬に、とろんとした瞳。弛緩《しかん》した身体。

「きもちー、ね？」

マイヒメはヒグレの胸にもたれかかって、小首を傾げる。

たしかに、気持ちが良かった。リリティアの時が融けてしまいそうな甘やかな熱だとしたら、マイヒメはビリビリと痺れるような刺激的な熱だろうか。

今も心臓がバクバクと音を鳴らしている。どことなく湧き上がる熱に浮かされて、きっとヒグレの顔も真っ赤になっている。吸い込まれてしまいそうで、マイヒメの紅の瞳を見ることができない。

そんなヒグレの心中を察したように、マイヒメはくすりと笑った。

「たしかに、リリがあそこまで言うのもよくわかるわ」

「……なんか、納得いかねえ」

「役得、ね？」

否定もできず、ヒグレはマイヒメから視線を逸《そ》らした。

だって、これほどの高揚感と心地よさを覚えたことなんて、彼女たちとしたキスくらいしかないのだから。

「魔力さえあれば、負ける道理なんてない――わたし、お姫様だから」

そう言って尻尾を立てると、マイヒメは再び黒刀の柄《つか》に手を掛けた。


ルイルイは、目の前で起きたありえない事象に戦慄していた。

「魔力譲渡……？　どういう理屈なワケ……？」

人の身体に流れる魔力というのは、一人一人性質が異なるものである。

まず、種族が違う時点で大きく性質は変わる。人類種《ヒューマン》、土精種《ドワーフ》、猫人種《ウエアキャット》、吸血鬼《ヴァンパイア》と全く異なる質の魔力が流れているのだ。

その魔力の質の違いが、使用する魔法の性質にも現れる。

例えば、獣人族は体内で魔力を運用する魔法を得意とする。緑精種《エルフ》は、他種族に比べて精細な魔力コントロールができるし、土精種《ドワーフ》は物質に付与しやすい魔力質となっている。

吸血鬼《ヴァンパイア》が自己再生能力に優れているのは、真っ先に肉体再生に魔力が割かれるからだ。

だから、種族をまたいで魔力を譲渡するなど、まずありえない。

ならば、同種族なら可能なのかと言えば、それもありえない。

この理屈を説明するためには、魔力型について深く踏み込む必要があるので割愛――。

魔力譲渡が可能な前例として聞くのは、一卵性の双子の場合が精々だろうか。

それに、何より不可解なのが。

「ああもう……俺もすっげえ魔法ぶっ放せたらなあ。なんだよ、魔力譲渡って地味過ぎるだろ……」

不満そうに頭を抱えるヒグレを見て、ルイルイは苦い表情を浮かべる。

「で、なんでアンタはピンピンしてるワケ……？」

もし、ルイルイが理解できない理屈で、魔力譲渡が可能だったとしよう。

だとしても、どう考えても、ありえないのだ。

ヒグレと呼ばれる少年の魔力がマイヒメに移り、マイヒメの魔力が全回復した。

となれば、ヒグレはマイヒメの器以上の魔力を保有していることになってしまう。

人類種《ヒューマン》の少年が、妖狐種《ルナール》を上回る魔力量を有しているなど――しかも、それでいて疲弊した様子もないなんて、ありえるだろうか。

「はあ？　何でって、どういうことだよ。嫌味か？　俺は戦ってもないんだから、疲れるわけないだろ……別に戦えないわけじゃないからな！」

「は？　何言ってんの……アンタ。妖狐種《ルナール》の器を全て満たすほどの魔力を消費しておいて……魔力欠乏症にもなってないなんて」

体内の魔力が一度に、大量に放出されることでかかる病気が魔力欠乏症だ。

しばらくの間は、嘔吐感《おうとかん》や頭痛、発熱に悩まされるはずだが……強がっている様子もない。

考えられる理由は一つだ。

ありえないとは思いながらも、その一つ以外の可能性こそ、ありえない。

──あの少年は、マイヒメの魔力を満たす程度は些事《さじ》でしかない程の魔力を保有している。

最初は、マイヒメの陰に隠れて、気にも留めなかった。

彼からは全く魔力が感じられなかったからだ。だが、冷静に考えれば、魔力がゼロなんてことはありえない。可能性があるとすれば、魔力量に感知できない程の隔たりがあった場合だ。

「それが、何故《なぜ》かわからないけど、希少種の側にいるわけね」

ぽけーっとしたヒグレを見て、ルイルイは冷や汗をかく。

「絶対に放置してたら、ヤバいヤツじゃん──ッ」

短剣を構えて、ヒグレを見据える。

地面を蹴ろうと腰を低くして──視線を遮るように、マイヒメが現れた。

「わたしたちのものに手を出しちゃあ、ダメ、だよ？」

冷たく、妖しい紅の瞳。ルイルイとマイヒメの視線が交差する。

咄嗟《とっさ》のことに、ルイルイの反応は遅れる。

ぶわりと噴き出る脂汗に、強張《こわば》る身体《からだ》。

「――ッ!?」

マイヒメが、ルイルイに手を伸ばす過程が、やけに緩慢に映る。

ルイルイは咄嗟に腰から下げた小さな麻袋に手を伸ばす。

と、マイヒメの小さな手がルイルイの胸に触れるのが同時だった。

（しま――ッ!?）

ぶわりと魔力が立ち昇るのを感じ、純白の魔法陣が展開される。

「――【扉の抱擁《ケーリュケイオン》】」

マイヒメの透き通った声音を最後に――ルイルイの視界は暗転した。


マイヒメが魔法を発動した刹那、ルイルイの姿が消え去った。

そして、麻袋が落下すると、紫色の粉が舞う。マイヒメは、袖で口元を覆うと、咄嗟にその場から離脱。大きく後退して、ヒグレの下《もと》まで戻ってきた。

「マイヒメ！　大丈夫か!?」

「平気。多分毒だけど……吸い込んではないわ」

不安そうなヒグレに、マイヒメは両手でピースをして応える。

「それで、あのルイルイってヤツはどうしたんだ？」

「活火山の噴火口に跳ばしたわ」

「……お、おお、今の触れたら終わりの一撃必殺だったんだ」

「お姫様ジョーク。王都近郊の森で勘弁してあげたわ。お姫様は慈悲深い」

口ぶりからして、噴火口に跳ばすことも可能ではあるようだ。

恐ろしい。マイヒメを怒らせないようにしよう……と、ヒグレは密《ひそ》かに決意した。

「それにしても、助かったよ。ありがとな」

そう言うと、マイヒメはヒグレの方に頭を突き出してきた。

狐耳《きつねみみ》がピコピコ動き、尻尾もせわしなく左右に振れていた。

「ん」

「……ん？」

不思議に思って首を傾げると、マイヒメは更に頭を突き出してくる。

「わたしはあなたに撫《な》でられると喜ぶと思うわ」

「えっと……？」

「思うわ」

無表情で、ジッとヒグレを見つめてくる。

忠犬のように尻尾を振りながら、期待を込めて額を胸にこすりつけてきた。

「ありがとな、マイヒメ」

「……ふへへ」

ヒグレは観念して優しく頭を撫でてやる。

すると、マイヒメはだらしなく表情を崩し、更に激しく尻尾を振るのだった。

◇

ルイルイを退けた後、ヒグレたちは食材を買い込んで帰宅した。

今日は、ヒグレが晩飯を作ることになった。特別得意というわけではないが、高校生男子の枠組みの中では、料理はできる方だと自覚している。基本的な食材、調理器具は普段使っていたものと変わらない。火を起こすときに、魔具へ魔力を込める必要があるため、そこだけマイヒメに手伝って貰《もら》った。

料理はリリティアが担当することが多いらしいのだが、今日は子供たちの内の一人が体調を崩したため、看病に尽力していた。

「大丈夫なのか？」

水を使うためにキッチンへ顔を出したリリティアへ、声をかける。

「はぁい。ただの魔力過食症なので、心配するほどのことじゃないですよぅ。これくらいの歳《とし》の子なら、みんななります」

「魔力過食症……？　ああ、ルイルイが言ってたやつか」

たしか、そんな単語を口にしていたような覚えがあった。

「それは、魔力欠乏症よ」

横に待機していたマイヒメが、口を開く。

「急激に体内の魔力が放出されることで、体調不良を起こす……これが、魔力欠乏症。魔力過食症は、その逆」

「体内に器の許容量以上の魔力が入り過ぎたことで起こる病気ですね。成長に伴う、魔力門《ゲート》の変化で起こるんですけど……まあ、症状は魔力欠乏症とほぼ同じです」

「つまり、魔力が一度に入り過ぎても、出過ぎても身体によくないってことか」

「ですです」

リリティアは氷水で濡《ぬ》らした布を絞りながら、頷《うなず》いた。

「じゃあ、俺の魔力譲渡って大丈夫だったのか？」

「言われてみればそうね……」

「多分ですけど、器の許容量を超える譲渡はされなかったんじゃないですか？　限界のところで、無意識に唇を離したんだと思います。それか、ヒグレさんの魔力が特別なのか……」

「なるほど」

「あ、一度限界まで試してみますぅ？」

リリティアが「ちゅーっ」なんて言いながら、唇を突き出してきた。

ヒグレは彼女の頬を摑《つか》み、「早く看病に行け！」と追いやる。

その後、さっと仕上げをして、マイヒメと共にテーブルに料理を並べた。

子供たちを呼び、食事の時間に。

リリティアは看病で部屋に残ると主張したが、その子が「過保護すぎ」と言って、リリティアを追い出してしまった。魔力過食症が、どれほどのものかはわからなかったが、見た感じ軽い風邪くらいのようだった。

三人の子供と、ヒグレ、リリティア、マイヒメ。六人で食卓を囲む。

「ヒグレさん自身も美味《おい》しくて、ヒグレさんが作る料理まで美味しいなんて……！」

リリティアは料理を口に運び、キラキラと瞳を輝かせた。

マイヒメも尻尾をブンブン振って、両手でピースをしてくる。

子供たちも、それぞれ美味しそうに食べてくれた。今まで、彼らとはどうしても距離があったが、これで一気に心を摑めたようで無邪気な瞳でヒグレを見つめてくる。

「なあなあ、これなんて料理なんだ!?」

「まあ、一応ハンバーグ、かな」

　地球でのものとは若干材料は違うが、広義に考えれば、これは紛れもなくハンバーグだろう。ヒグレは咀嚼《そしゃく》しながら、再現率の高さに感心していた。

「すっげー！　エサなのにエサ作れるんだすっげー！」

「おいしいわ！　将来は私の専属シェフにしてあげてもいいわよ！」

「ねーねー、また作ってー！　約束！」

子供たちも大層気に入ったようで、ヒグレを囲んでワイワイと騒ぐ。

「なあなあ！　他には何作れるんだ？」

「私、甘いものが食べたいわ！　最近は砂糖も手に入れやすくなったのよ！」

「お、おお……別に料理得意ってわけじゃないからな……作れっかな」

「作れるかどうかじゃないわ。作るのよ！」

女の子に、ビシッと人差し指を突き付けられる。他の二人も期待に溢《あふ》れた眼差《まなざ》しでヒグレを見上げていた。これは、本格的に異世界料理を勉強した方がいいかもしれない。

子供たちと打ち解けた様子のヒグレを見て、マイヒメはグッと親指を立てた。

リリティアはというと、夢中でハンバーグにかぶりついていた。

「これ、ヒグレさんが開発したんですか!?　天才ですね！」

「いや、別に開発はしてないよ？　作ったのは、ハンバーグ伯爵とかそのあたりじゃないかな……全く知らんけど」

「おお……ハンバーグ伯爵に感謝ですね」

ヒグレが異世界に来て、二日目。

こうして、希少種の少女たちとの食事の時間は穏やかに過ぎていった。

◇

目の前には書類の山。

捌《さば》いても、捌いても、数が減ることはなく、いや、むしろ増えている気さえする。

エグゼクティブチェアに座るハランの表情からは、生気が抜けており、普段の自信に満ち溢れた高貴な雰囲気が微塵《みじん》も感じられなかった。身体中に巻かれた包帯も相まって、なんとも痛ましい。

――ベリア王国王都リリアラ。

王国魔道特別部隊ナインナンバー、拠点。

部屋の窓側に置かれた仰々しいエグゼクティブデスク、テーブルやソファ、棚といった家具は一流の物で揃《そろ》えられており、メンバーの気質か室内は綺麗《きれい》に保たれていた。

さすがは、王国の最大戦力が在籍する特別部隊といったところだろうか。

そんな中、書類に埋もれた緑精種《エルフ》の女性――ハランは、怒りで身体を小刻みに震わせていた。

「くぅ……なんで私《わたくし》がこんなことを……っ。私ナインナンバーの隊長ですわよね!? 一番偉いんですのよ！ せめて、少しは手伝いなさいな……！」

バンとデスクを叩《たた》いて立ち上がり、叫ぶ。

ナインナンバーは、特別戦力とも呼ばれる、ベリア王国の剣である。

と言っても、表立って戦うことは少なく、諜報《ちょうほう》や、潜入、少数精鋭が求められる特別任務が基本。大規模作戦に駆り出されることもあるが、それも最近はめっきり減ってしまった。

そして、現在は溜《た》まりに溜まった書類仕事に追われているわけだが。

「あ、あのあの……すみません。わたしも手伝いたいんですけど……」

小柄な少女――ルルン・リンクノヴァは、おずおずと手を挙げながら、申し訳なさそうに視線を彷徨《さまよ》わせた。

肩辺りまで伸びたブルートパーズの髪。水晶の瞳。小さな体軀《たいく》に、おどおどした様子も相まって小動物のようだが、頭からは二本の角が生えている。これを見れば、御伽噺《おとぎばなし》の竜人種《ドラゴニュート》のようであるが、彼女は正真正銘の人類種《ヒューマン》である。

「あっはは。この前みたいにペンが折れちゃったら大変だもんね～」

土精種《ドワーフ》の彼女——カーヤ・クランツは、ルルンを見てケラケラと笑う。

ルルンに負けず劣らずの小さな体軀に、ポニーテールに纏《まと》められたクリーム色の髪。土精種《ドワーフ》特有の褐色肌。いかにも悪戯《いたずら》っ子《こ》といった雰囲気であるが、彼女も王国の特別部隊、ナインナンバー所属の魔道騎士である。

「す、すみません……戦うことしかできない無能でごめんなさいいいい……っ」

「ルルンは仕方ありませんわ……。これ以上お備品が壊れると経理が面倒ですし、むしろ大規模任務のたびに引っ張り出されてるルルンを労《ねぎら》いたいくらいです……ですが、カーヤ！」

「えぇ……あたしだってがんばってるもーん」

ビシッと指差すハランに、クッキーを齧《かじ》りながらため息をつくカーヤ。

「怪我《けが》をしながらも、お書類仕事に追われる私を見て何も思わないんですの!?」

「それは、たいちょーが先走った結果じゃん。どうせ、自分の手柄だけ考えて、無策で突っ込んだんでしょー？」

「うぐ……」

「たいちょー甘やかしてもいいことないし。ていうか、そんなに大変なら人増やせばいいじゃん！　あたしたちの組織名知ってる？」

「ナインナンバー……ですよね！」

ルルンが、控えめに手を挙げる。

「そ。ナインなの。でも、あたしたち、四人しかいないの。これ詐欺じゃない？」

「え？　でもでも、この前、新しく二人入りましたよね？」

「たいちょーが三日で辞めさせたよ？」

「えぇええ!?　な、なんでですか！　せっかくの後輩が……」

「ねー、意味わからないよね。これで、少しは楽できると思ったのにさ」

ハランのデスクに詰め寄る、ルルンとカーヤ。

いつの間にか立場は逆転。ハランは部下二人に責められ、小さくなっている。

「し、仕方ないじゃありませんの！　想像以上に無能だったのですから！　お書類を見た時から懐疑的ではありましたが、あそこまで使えないとは思ってもみませんでしたわ……！」

「うっわ、ナチュラルにそういうこと言うよ、この人」

「ナインナンバーは、通常の王国魔道騎士とは一線を画す存在ですわ。任務の危険度、求められるレベルは高く、何より信頼できるか否か、背中を預けるにたる人物であるかが重要となります。金払いがいいから、だなんてふざけた理由で門を叩く意識の低い輩《やから》にナインナンバーの看板を預けることなどできませんわ」

「ええ、最初はみんなそんなもんじゃな～い？　あたしだって、色々失敗してたしぃ。数こなせば任務だって慣れるでしょ?」

「ナインナンバーに推薦される時点で、最低限の腕はあるのでしょう。私が問いたいのは、精神性。無能はいりませんわ」

「はいはーい。別にたいちょーの方針には従うけどさー」

それでキツイの自分じゃん、とぶつくさ言いながら、カーヤはソファに戻っていった。

「そ、そういえば、ルイルイさんはどうしたんですかね！　定期巡回にしては、少し遅いですよね……っ！」

ルルンは気まずそうに、おろおろおろおろ。

苦し紛れの話題転換をする。

と。

「……ったく、酷《ひど》い目にあったわ」

木製の扉が開き、ちょうどルイルイが帰還してきた。

「る、ルイルイさん……！　どうしたんですか、その傷！」

「うっわ、珍しー。派手にやられたね」

しかし、その姿は痛ましいものだった。

赤く彩られたナインナンバーの制服。身体《からだ》には無数の切り傷が刻まれており、息も絶え絶え。ルイルイは、基本的に無茶をするタイプではない。であるにも拘《かか》わらず、王国最速と呼ばれる彼女が、ここまで追い詰められるなど、並大抵のことではなかった。

「貴方《あなた》が熱くなるなんて珍しいですわね。いつもなら早々に、お撤退してくるでしょうに」

「……いやー、それができなかったから、こうなってるワケよ。ま、逃げようとすれば、見逃してくれたかもしんないけどさ」

ルイルイの言葉に、メンバーの表情に緊張が走る。

王国最速を謳《うた》うルイルイが逃げられない？　そんなことがあるのだろうか。

そんなメンバーの心中を察し、ルイルイは嘆息する。

ゆっくりとソファに腰かけてから、王都での一幕を簡単に語って聞かせた。

希少種を見つけたこと。それが、妖狐種《ルナール》の王族だったこと。そして、キスにより魔力を譲渡し、妖狐種《ルナール》の器を完全に満たした人類種《ヒューマン》がいたこと——。

「な、なるほどです……！　魔力譲渡に、希少種を優に上回る魔力量……お、恐ろしいですね……！」

「ヒイラギのお姫様はどっちにしろ捕まえないといけないもんねー。実際、魔力譲渡が、どういう力かは置いといても、早めの対処が必要かぁ」

ルイルイの話を聞き、表情を引き締めるルルンに、面倒くさそうに、もう一方のソファに寝転ぶカーヤ。

そんな中、ハランはデスクに手をついて、わなわなと体を震わせていた。

「ちょっとお待ちなさい！　その話、私もしましたわよね！　魔力譲渡をする人類種《ヒューマン》がいるって！　誰も信じてくれませんでしたわよね⁉」

実は、先日同じような報告をハランもしていた。

シッチの森の入り口付近で、吸血鬼《ヴァンパイア》と交戦に入った。魔力を切らしていた吸血鬼《ヴァンパイア》を追い詰めたものの、人類種《ヒューマン》の魔力譲渡によって魔力が完全復活した吸血鬼《ヴァンパイア》から敗走。身体中の怪我も、その時に吸血鬼《ヴァンパイア》にやられたものである。

しかし、魔力譲渡などありえないと一蹴され、誰も話を聞いてくれなかった。

「えっと……そ、そうでしたっけ」

ルルンは、人差し指をつんつんしながら、視線を逸《そ》らす。

「そうですわよ！　なぜ、ルイルイの話だとあっさり受け入れるんですの⁉」

「だってぇ、エセお嬢様の話、胡散《うさん》臭かったんだもん。普段の行いじゃなーい？」

「お黙りなさい、カーヤ！　エセではありませんわ！」

「お嬢様って、たいちょー平民の出じゃん」

「だからこそ、貴族としての心を大事にしているのですわ！」

「なにそれー、カーヤ本物のお嬢様だから、よくわかんなーい」

現在、この大陸は人類種《ヒューマン》、緑精種《エルフ》、獣人族、土精種《ドワーフ》の四大種族が席巻《せっけん》している。

元々数は少ない希少種の殲滅《せんめつ》は順調に進み、彼らを脅威だと認識する者も少なくなったように思う。

希少種が徒党を組んで反撃の機を窺《うかが》っている、だなんて話も聞くが、希少種を寄せ集めたところで知れた数だ。霊崩災害《れいほうさいがい》以前の魔力の自然回復量が潤沢だった頃は、強力な個になす術《すべ》もなかったが、圧倒的な数を誇る四大種族が負ける道理などない。

むしろ魔獣や五大竜の対応に、人員が割かれているのが現状だ。

先日も、ベリア王国辺境の村が鉄閃竜《てつせんりゅう》イルセイバーに滅ぼされたとの報告があった。

希少種の問題は落ち着き、ほとんどが片付きつつある――これが、現在のベリア王国の認識だった。希少種に対して今以上に人員を割くことができないとも言えるし、そもそも新たな問題が出ても目をつぶりたいとも言える。

腕を組み長考したハランは、ふうとため息をつく。

「この情報は、私たちの下《もと》で止めておきましょう。不確かな情報で混乱させるわけにもいきませんし、色好《よ》い返事はいただけないと思いますわ」

ハランの決定に、メンバーたちは静かに頷《うなず》いた。

「にしてもぉ、魔力譲渡なんて、まるで無休の箱《エリシオン》みたいだよねー」

カーヤは医療箱を取り出し、ルイルイの傷を診ながら言った。

「さすがに、あれは御伽噺でしょ」

「わかってるって。しかも、無休の箱《エリシオン》って、たしかすごーく綺麗《きれい》な宝玉みたいな見た目なんでしょ?」

「いや、ウチは三対の翼が生えた天使だって聞いてるけど」

慣れた手付きで傷口を洗うカーヤ。ルイルイはいつもの気だるげな様子ながら、痛みで僅かに表情を歪《ゆが》めていた。それに合わせて、尻尾もピンと立っている。

「えと……聖剣?　みたいな、とにかく武器のカタチをしてるって、わたしは聞きました……か、勘違いかもしれませんが」

「私は、異界から来た使者だと聞いていますわ」

控えめに口を開くルルンに、首を捻《ひね》りながら言うハラン。

有名な御伽噺ではあるだけに、その解釈は多岐に渡る。種族ごと、また、家ごとに伝えられている話は異なるようだ。ただ一点、無限の魔力とその譲渡という能力に関しての認識は、全員が一致していた。

「異界ぃ?　それはさすがにありえないよ。たいちょー、頭よわよわなんじゃなぁい?」

ケラケラと笑うカーヤに、ムッと表情を歪ませるハラン。

「それに、新たな固有魔法を無制限に産み出すなんて話もありましてよ!」

「あっははは、たいちょーそれ本気で信じてるのぉ?　なっさけなぁい。怪しい壺《つぼ》とか買わされないように気を付けた方がいいよ?」

「で、でも……！　用心するに越したことはないでしょう!?　それに壺は買えば幸せになれるって言われたから……！」

「ハランさん、ほ、本当に買ってたんですね……」

二人の会話を聞いて、ルルンは気まずそうに呟《つぶや》く。

そうしている間にも、応急処置が終了。ルイルイは肩を回して身体の調子を確かめると、得意げに口を開いた。

「ま、妖狐種《ルナール》のお姫様については、手を打ってあるから安心して。人質でも取ってやれば、向こうも姿を現すっしょ」

「あら、何か策でもあるんですの？」

「ウチがただでやられて来たと思うワケ？　特定できたよ——ヤツらの拠点」

第三章

奪還作戦と王国最強の剣

「ヒグレ君、背中を流してあげるわ……！」

早朝。

風呂場にて水浴びをしていると、マイヒメが突撃して来た。

申し訳程度にタオルが握られてはいるものの、一糸纏《まと》わぬ産まれたままの姿。綺麗な白髪に、控えめな胸、すべすべとして触り心地のよさそうなお腹《なか》に、すらりと伸びた手足。

彼女の天使のような身体に視線を奪われ、数瞬後、我に返る。

「ちょ、なあああ――っ!?　お前、勝手に入ってくんなよ！」

ヒグレは、まるで女の子のように秘部を隠し、悲鳴を上げた。

「男の子は、こういうのが嬉《うれ》しいと聞いたわ」

「誰に!?って聞くまでもないな！」

「リリが言っていたわ」

「あんのエロ吸血鬼《ヴァンパイア》が！　マイヒメになんてことを教えてるんだ！」

「でも、喜んでいるみたいで安心したわ」

しゃがみ込んだマイヒメは、ヒグレの陰部を見つめて、言った。

「ぎゃあああ――っ」

ヒグレは慌ててマイヒメに背を向ける。

距離感がおかしい。色々おかしい。これがこの世界での普通なのだろうか。それとも、マイヒメとリリティアがおかしいのだろうか。異世界三日目のヒグレには、まだ判断がつかなかった。

「男の子が喜ぶと、ここが反応すると聞いたわ」

「それも、リリティアの知識か！」

「そうね」

「エロ吸血鬼《ヴァンパイア》があああ――ッ」

いたいけな少女になんてことを教えているのだ。

あの歩く十八禁をマイヒメのそばに置いておくのは、非常によろしくない。

穢《けが》れなき瞳でヒグレを見つめ、首を傾《かし》げるマイヒメを前にいたたまれなかった。

「ヒグレ君を喜ばせたいというのも本当だけど、変換機を使えないと思って」

「変換機……？」

マイヒメは、背伸びをして頭上に取り付けられた四角い箱のような物体に触れた。内部には魔石が眠っているのが見える。これも魔具なのだろう。

「水を出してみて？」というマイヒメに従って、レバーを捻る。

　すると。

「おお！　水が使えるだけマシな世界だと思ってたけど、お湯まで出るのか！」

　降り注ぐお湯を仰ぎ、感嘆する。

　これはシャワーだと言っても過言ではない。

　食事にしろ、風呂等の生活にしろ、もっと苦しめられるかと思ったが、案外快適じゃないか。それも全て魔法のおかげである。魔力が重要視される意味もよくわかる。早いところ、魔具に魔力を注ぐくらい満足にできるようにならねば、とヒグレは密《ひそ》かに決心。

　マイヒメの存在を思い出し、再び硬直した。

「なあ、マイヒメ。このままシャワー浴びたいなら、俺は先に出るけど……」

「何をいっているの？」

「至極真っ当な提案をしてるんだけど？」

「わたしは、背中を流しにきたといったよ」

　背中に、僅かな熱と柔らかな感触を覚える。こそばゆい息遣い。

　マイヒメの小さな手が胸のあたりに回され、ピタリと身体《からだ》が密着する。

「それとも、小さなおっぱいはきらい？」

　床に打ち付けられる水の音が、やけに鮮明に聞こえる。

　と共に、背中に当たる柔らかな感触に、どうしても意識が向いてしまう。

控えめだが、確かな存在感を示すマイヒメの胸。マイヒメは、それを押し付けるように、また、擦《こす》りつけるように体勢を変える。

「えっと……」

嫌いなわけがない。おっぱいが嫌いな男子など、たとえ世界を跨《また》ごうとも存在するわけがない。ただ、それを素直に口に出していい状況じゃないことくらい、理解できる。

「きらい……なのね」

ヒグレが口ごもっていると、マイヒメは消え入るような声を漏らした。

となれば、ヒグレとしても、多少なりとも本音を話すしかない。

「嫌いじゃないぞ!? 嫌いなわけがない」

「じゃあ、すきなのね? うれしいのね?」

「う、うぅん……それは、なんと言うか……」

「やっぱり、本当は巨乳以外はおっぱいじゃないと思っているのね」

「違う、違うけどさあああ――っ」

どうしたものかと頭を抱えるヒグレ。アニメや漫画で似たようなシチュエーションは何度か見たが、思えば対処法は学べなかった。おっぱいの前に、男児は等しく無力だとでも言うのだろうか。

と、その時。

勢いよくドアが開かれ、一人の少女が乱入して来た。

「えっちな波動を感じて来ました!!　どうも、リリちゃんです！」

ピンク髪を揺らして現れたのは、同じく一糸纏わぬ姿のリリティアだった。

抜群のプロポーションに豊満なバスト。

引き締まっているのに、どこか柔らかそうな肢体。

リリティアは恥じるところなど一つもないとでも言うように、仁王立ちをしていた。

「ちょ、な……おまっ」

そして、腕を大きく広げ、ヒグレとマイヒメに思い切り抱き着いた。

「やーん、私だけ仲間外れなんてひどいですよぅ！　楽しく三人で身体を洗いっこしましょうね！」

「洗いっこ……いい響きね！」

「おい離れろ、このエロ吸血鬼《ヴァンパイア》！」

「エロ吸血鬼《ヴァンパイア》でーす！　ということで、えっちなことをしましょう！　さあ、さあ……！」

爛々《らんらん》と輝く深紅の瞳。口からは唾液が垂れ、両手をわきわきと動かすリリティアは心底恐ろしかった。このままだと喰《く》われる。いろんな意味で。

「おい、マジで一回離れ……って、力つええな!?」

力ずくで引き剥がそうとするも、ビクともしなかった。

「ふっへっへ、観念してくださいね、ヒグレさん♡」

リリティアの豊満なバストが押し当てられ、ヒグレのヒグレも限界が近い。

危ない目をしたリリティアに迫られ、マイヒメもそれに倣って距離を詰めて来る。何とか脱出しようとするが、ヒグレが力で二人に勝つことは不可能。

リリティアの乱入で、場は混沌《こんとん》を極めていた。

立ち昇る湯気。柔らかな感触と、熱と、甘い声と、理性と、快楽。

天国と地獄は紙一重。

「もう、勘弁してくれえええええ——っ」

リリティアとマイヒメに押しつぶされたヒグレは、最後の力を振り絞って扉を開け——

そこで力尽きたのだった。

◇

——ベリア王国。王都リリアアラ。

現在、ヒグレはリリティア、マイヒメと共に王都に買い出しに来ていた。

女の子の魔力過食症はほぼ治っているが、同じような事態を見越しての薬の買い足し、その他食材、旅に必要な物資の補給をするのだとか。

「酷《ひど》いです……さすがに殴ることとなくないですか!?」

リリティアは、頭を押さえぶーぶーと文句を言う。

今朝、風呂場に乱入して滅茶苦茶《めちゃくちゃ》した件について、ヒグレにお灸《きゅう》を据えられたのだ。

「あれは、お前が悪いだろ。逆の立場だったら何も思わないのか？」

「……ヒグレさんのえっち♡」

リリティアは胸を隠すようなポーズを取り、顔を赤くして言った。

その言葉とは裏腹に、嫌そうな様子は全くない。誘っているようにすら見える。

「……一発じゃ足りなかったのか」

「わー！　冗談です！　少しは自重します！　でもでも、何で私だけですか!?　マイヒメちゃんはいいんですか！」

リリティアは、ヒグレと手を繋《つな》いで歩くマイヒメを指す。

マイヒメはヒグレの顔を覗《のぞ》き込むと、謎のピースサインをした。

「元をただせばリリティアのせいみたいなところはあるしな」

マイヒメは、リリティアの歪《ゆが》んだ性教育の被害者である。

それと、マイヒメの、この小動物めいた瞳で見つめられると、何も言えなくなってしまうのだ。加えて、リリティアに関しては、本人の強い欲望を感じる。身の危険も感じる。

端的に言うと、ちょっとコワイ。

「理不尽ですね!?　ていうか、何で二人は手を繋いでるんですか?」

「迷子になるといけないわ」

「……そういうことだ」

「ヒグレさん、マイヒメちゃんには甘くないですか!?」

リリティアは、隙を見てサッと空いている方の右手を握ってきた。リリティアも満足そうだし、この程度で目くじらを立てることもあるまい。迷子は怖いし……。

こうして、ヒグレを真ん中に、三人手を繋いで歩くのだった。


リリティアたちの案内で、必需品等の買い出しはすぐに済んだ。

その後、継続依頼の手続きを忘れていたとかで、冒険者ギルドへ寄った。

ついでにヒグレの冒険者登録も済ませてしまった。聞かれたのは名前と種族くらいなもので、本当に五分程度で手続きが完了した。

「おお……!　これが冒険者カード!　テンション上がるな!」

薄い黒曜石のような板を掲げて、ヒグレは声を上げる。

カードには、何やら文字が刻まれているが、ヒグレには読めない。

名前、種族、ランク、パーティー登録、こなした依頼についての記録がされているとのこと。

「ランクは、上からSランク、Aランク、Bランク、Cランク、Dランクです。ヒグレさんは、Dランクからのスタートですね。依頼も同じようにランク分けされていて、基本的には自分のランク以下の依頼しか受けられません」

リリティアは最後に、パーティーを組んでいる場合は、パーティー内冒険者の最高ランクが適応されます、と付け加える。

「ヒグレ君は、わたしたちのパーティーで登録しておいたわ」

「ちなみに、リリティアたちのランクは？」

「共にBですよぉ」

なるほど。SランクやAランクがどれほどのものか、そもそもランクアップの基準もよくわからないが、二人の実力でBランクか。魔力切れの問題を差し引いても、十分強いように思ったのだが、この世界だと、あれで平均くらいなのだろうか。

「あ、今思ったより低いって思いましたね？」

「……まあ、ちょっとな」

「私たちはあまり目立つわけにはいきません。それに、冒険者として成り上がることが目的じゃありませんからね。活動に支障が出ない程度に稼げれば、それでいいのです」

リリティアたちの目的は、希少種の復興。

そのために、子供たちを保護し、仲間を募り、力を蓄えている。ヒグレが喚《よ》ばれたのも、その一環だと聞いた。

ちょっと魔力が多いだけのパンピーがどれだけ役に立つかはわからないが……リリティアたちに協力することに関しては、前向きに考えている。

というか、捨てられたら困るのは、ヒグレの方だったりする。

ここは異世界である。外国に放置されるってレベルの難易度じゃあない。

「まずは、共和国との国境沿いの隠れ里に子供たちを送るんだっけ？」

「ん。今回の買い出しは、その準備も兼ねているわ。一週間後には出発する予定」

「急だな」

「街の市門を通るわけにもいきませんからね。地下水路を使うわけですが、そこにも見張りはいます。うまーく掻《か》い潜《くぐ》れるのが、ちょうど一週間後なんです」

地下水路にて、王都の水の供給と排水を行っているらしいが、衛生環境は悪く、少数だが魔獣も闊歩《かっぽ》しているとか。魔道騎士も見張りと言うより、魔獣討伐の意識が強い。多少の危険はあれど、検問を掻い潜るよりはよっぽど楽だとリリティアが説明してくれた。

ヒグレたちは冒険者ギルドを後にし、帰路に就く。

獣耳の少年に、長耳の老人。当たり前のように剣や弓を携帯しており、その装いも画面の中でしか見たことのないような物ばかり。

色々なことがあり過ぎて、そんな気はしないが、まだ、この世界に来て三日目。

ふとした時に、ああ、ここは本当に異世界なんだな、と実感する。

からっとした空気も、ゆったりと流れる雲も、何ら地球と変わりがないのに。

マイヒメの白いふさふさの尻尾も、リリティアの深紅の瞳も、ヒグレにとっては空想の産物でしかなかった。

この身体《からだ》に流れる熱に、魔力という名がつくことなど、考えられはしなかった。

なんて、考えごとをしながら歩いていると。

「……ん、あれ？」

メインストリートから離れた、閑静な住宅街。

冷たい風。転がる枯れ草。人気《ひとけ》はなく、物寂しさを助長するように犬の遠吠《とおぼ》えが響く。

気づけば、リリティアとマイヒメの姿がなかった。

「え……迷子？」

思えば、冒険者ギルドを出た後から、マイヒメと手を繋いでいなかった。

もう子供じゃないのだ。正直、手など繋がなくともはぐれることなどないだろうと高を括《くく》っていた。それでも仕方なくくらいの気持ちで、マイヒメに連れられていたのだが……手を離した瞬間に迷子など笑えない状況だった。

——魔法を使えば、人一人攫《さら》うなんて難しくないの。ヒグレ君は身ぐるみ剝がされて、物好きな貴族に売られるかもしれないわ。裏ルートに流されて人体実験をされるかもしれないわ。丸腰で魔獣と戦わされて貴族の見世物にされるかもしれないわ。

マイヒメの言葉が、脳内で反芻《はんすう》される。

「うわ……怖すぎ」

慌てて辺りを見回してみるが、同じような景色で困った。大した特徴もない、木造の家々。いや、宿屋かもしれないし、店の可能性もある。

「まずいな……詰んだか？」

ダラダラと冷や汗を掻くヒグレ。

これでガラの悪い冒険者などに捕まったら、あまりにもダサすぎる。怖すぎる。足手纏《あしでまと》い過ぎる。笑えない状況だった。

「おーい！　リリティア！　マイヒメ！　お前ら迷子かー！　仕方のないヤツらだなああ！」

弾《はじ》かれたように、声を上げて走り出す。

路地裏を抜け、天を衝《つ》くように延びた王城を目印に走る。すると、メインストリートに出た。それでもリリティアたちは見つからない。というか、人が多すぎてよくわからない。

そもそも、下手に動くべきではなかっただろうか。そう思い、もう一度路地裏に入り、人気の少ない迷路のような通りを進むと——視界の端に、ピンクローズと艶《あで》やかな白が映った。

間違いない、リリティアとマイヒメだ。

ホッと胸を撫《な》で下ろしたヒグレは、声を上げて駆け寄ろうとし。

「リリティ――」

慌てて急ブレーキ。

よく見ると、二人組の男に迫られ、壁際に追い詰められている。

ガラの悪い冒険者に絡まれていたのは、リリティアたちの方だった。

血や脂で薄汚れた鎧《よろい》を身に着けた、人類種《ヒューマン》と獣人族の男。筋骨隆々で、身体には魔獣に付けられたであろう古傷が目立つ。ヤクザが可愛《かわい》く見えるほどの風貌だった。

だが、心配するほどのことではない。

リリティアとマイヒメの実力はよく知っている。

マイヒメが先日対峙《たいじ》したのは、王国の魔道特別部隊、ナインナンバーのメンバーだという。ナインナンバーがどれほどの力を持っているかはわからないが、特別部隊などと評されるくらいだ。王国内でも屈指の実力者に違いない。

それを退けたマイヒメたちが、あんなチンピラ然としたヤツらに苦戦するものか。

と思ったのだが、リリティアたちに抵抗する素振りは見られない。

（いや、待てよ……抵抗できないのか。希少種だとバレるから）

先日、マイヒメがルイルイに見つかったのも、街中で魔法をぶっ放したことが原因だ。

認識阻害のかかったローブを着ているから、外見で判別は付きづらいはずだが、魔法は別。

「いい面してんじゃねえか。俺らの愛人にしてやろうか？　ぎゃはは」

「迷うことなんてないだろ？　ついて来い、いい思いさせてやるからよ」

耳をそばだてれば、男たちの下品な声が聞こえてくる。

こうしている間にも、男たちは二人との距離を詰めていた。下卑た笑みを浮かべ、今にも摑《つか》みかかりそうな様子だ。

ヒグレが介入してどうにかなるか？　そもそも、揉《も》めるのは悪手か。

取れる手段があるとすれば……。

「……ああもう、なるようになれ！」

ヒグレは無意味な思索を振り切るように駆け出す。

二人を守るような位置に身体を滑り込ませ、声を上げた。

「あの！　この子たち、俺の連れなんでお引き取り願えませんかねえ……」

想像していたより覇気のない声音になってしまったが、頑張った方だと思う。

「んだ、テメエ？　今取り込み中なんだよ」

「ぶっ殺されてェのか？　あァ？」

男たちの暴力的な視線が突き刺さり、身が竦《すく》む。

ヒグレより一回り大きな身体。背中に備えられた武器に思わず視線がいく。

嚙《か》ませ犬《いぬ》のような二人組だが、悲しいかな。今のヒグレは、その嚙ませ犬にすら手も足も出ない程の実力しかなかった。

「ヒグレさん！　今までどこに……って、そんな場合じゃなくて」

「ヒグレ君、わたしたちは大丈夫だから……」

後ろから、二人の不安そうな声が響く。

ヒグレの力じゃ、どうにもならないと考えているのか。下手に騒ぎを起こして注目を浴びるのを恐れているのかもしれない。

だが、それくらいヒグレも理解している。事を荒立てる気はない。

リリティアたちが力を使えれば、男たちを退けるのは容易だろう。だが、それで希少種であることがバレてしまえば、何の意味もない。これまでの努力が水の泡だ。

「彼女たちも嫌がってますし、ここは穏便にいきましょうよ」

ヒグレは下手くそな愛想笑いを浮かべ、口を開く。

先日、冒険者ギルドでも似たようなことがあった。

あの時は、上手《うま》く魔力を扱えず、殴られ、散々な目に遭ったが、今回は同じ轍《てつ》を踏むわけにはいかない。別にヒグレも考えなしに突っ込んだわけではないのだ。

希少種の力がバレるのが問題なのだから、人類種《ヒューマン》であるヒグレが男たちを倒せれば、それがいい。しかし、考えるまでもなく勝ち目は皆無だろう。

ならば、選択肢は一つ――逃げる！

「あァ？　いきなり割り込んできて、穏便にもクソもねェだろうがよ」

「そこをなんとか……！」

ヒグレは両手を合わせて頭を下げた。

逃走自体は、マイヒメの転移魔法を使えば容易だ。

魔法を使っていないということは、恐らく魔力切れだろう。昨日の派手な戦闘で消費した分が回復しきっていないのだ。となれば、ヒグレがキスで魔力譲渡するしかあるまい。

（俺の魔力上限がわからない以上、あまり譲渡を多用したくないけど……仕方がない）

どうにか隙をついて、マイヒメに魔力を渡す。転移魔法を見られるのも、あまりよろしくないが、そこはローブでも使って男たちの視界を遮ってしまえばいい。

そう思って顔を上げると。

「ぶぐぅ――っ」

男の岩のような拳が、眼前に迫っていた。

咄嗟《とっさ》に攻撃を避《よ》ける反射神経など持ち合わせておらず、直撃。

脳が揺れ、鈍い痛みが顔面に広がった。痛む鼻を押さえ、たたらを踏む。少し手を離せば、手にはべっとりと血が付いていた。

「ぎゃははっ、よっわ！　この程度も避けられねえのかよ！」

「女の前でカッコつけてこれかよ、なっさけねえ」

視界がぐわんぐわんと歪《ゆが》む。

「地べたに額擦《こす》りつけて謝れよ！　そしたら、逃がしてやるからさ！」

言い返すどころか、真っすぐ立つことすらできない。

己の無力を言い訳にマイヒメの力ありきの作戦を立て、失敗。

この世界に呼ばれてから、何一つ為《な》せていない――役立たず。

この男の言う通りだ。

（マジで情けねえ、俺……）

ふらふらとするヒグレの身体を抱きとめるように、リリティアが腕を回す。

その腕には僅かな熱が籠もっており、また、力強く拳が握られていた。

（ああ……多分、これはまずいな）

これからの展開を想像して、ヒグレに冷や汗が滲《にじ》む。

大事《おおごと》にしないために、ヒグレは割って入り、解決を試みたのだ。このままでは、全てが裏目に出てしまう。本当に余計なことをしたかもしれない。

「あの……多分逃げた方が……」

血が流れ続ける鼻を押さえながら言った。

「はあ？　何言ってんだテメエ。逃がしてください！　の間違いだろォ！」

しかし、ヒグレに卑しめるような目を向け、気持ちよくなっている二人には、その忠告も届かなかった。リリティアとマイヒメをものにできると、そう確信したような顔だった。

「私たちだけならまだしも。ヒグレさんに手を出しましたね？」

「極刑ね。わたし、あなたたちのこと、許せないわ」

リリティアとマイヒメから、今まで聞いたことのないほど冷たい声音が漏れる。

緊張感が走る。と共に、目の前の男たちに同情心が湧いてきた。

「はあ？　意味わかんんね」

「てか、こんな雑魚《ざこ》と一緒にいたら、お嬢ちゃんたちの価値まで下がるぜ？　こっち来いって、俺の女にしてやるからよ」

薄く鋭い金属音。気づいた時には、マイヒメは黒刀を抜いていた。

いや、ヒグレが刀を抜いたと思った瞬間には、もう振るわれていて。

「訂正して、ヒグレ君は弱くも情けなくもないよ」

男の腕が、肩口から綺麗《きれい》に切り落とされた。

「……へ？」

ぼとり。鈍い音がして地面に右腕が落ちる。男の目は点になる。間欠泉のように血が噴き出す。男は慌てて腕を押さえ、蹲《うずくま》った。

「ぎゃあああああああ――っ、腕、腕があああああッ」

男は右腕を拾いくっつけようと傷口に押し当てるが、血が漏れ出るばかり。顔面は涙と鼻水でぐちゃぐちゃで、酷《ひど》い有様だった。

「ヒグレ君を殴る悪い腕にはお仕置き、ね？」

マイヒメは黒刀の血を払うと、納刀。

隣の男に鋭い視線を向ける。

「お、おい、ただの冗談じゃんかよ。大人しく帰るから、な？」

腕を斬られた相方を見て、男は顔を引きつらせる。先程までの威勢はどこへやら。表情は後悔と恐怖に歪んでおり、足も小鹿のように震えていた。

ヒグレは少しの罪悪感を覚え始めていた。ヒグレが下手に介入しなければ、もっと穏便に事が収まったかもしれないのだ。もっとも、痺《しび》れを切らして手を出していた可能性も大いにあるのだが。

「私たちぃ、帰らせてって最初に言いましたよね？　聞いてくれませんでしたよねぇ？」

「ちょ、ちょっと待て……っ」

「待てません♡」

ニッコリと笑みを浮かべたリリティア。

そのまま腕を上げ、炎の魔法を発動。

「「ぎゃああああああああああ――っ」」

地面に蹲る男共々、灼熱《しやくねつ》の炎に飲み込まれたのだった。

「汚らわしい。初めから、こうしておけばよかったわ」

「はぁい！　消してしまえば、見られても問題ないですもんね！」

リリティアとマイヒメは男たちへの興味はなくなったようで、背を向けて歩き始める。

スッキリとした顔をして、仲良さげに話す二人。彼女たちにとっては、これも日常茶飯事なのだろうか。

ヒグレはというと、リリティアとマイヒメに挟まれ、がっしりと手を繋《つな》がれていた。もう離すまいと、強い力が込められている。

「やっぱり、ちゃんと手を繋いでいないといけませんね！」

「ん。手を繋いでいないと危ない」

「相手がね……？　相手が危ないよね」

やはり、二人はこの世界でも上位の実力を持っているのだろう。

自分と周りの危険のために、二人とはぐれないようにしよう、とヒグレは心の中で誓った。

「まずは、二人ともありがとう！　俺のために怒ってくれて！　でも、あんまり騒ぎを大きくするようなことは、ね？　控えた方がね？」

結局、ヒグレは二人を助けるどころか、助けられてしまった。

力を使うのだって、希少種だとバレるリスクがあったはずだ。それを顧みず力を振るう二人には、危なっかしさも感じるが、素直に嬉《うれ》しくもあった。情けなくもあった。実は、結構凹《へこ》んでいたりもした。

(異世界に来てから、俺のカッコイイところ一個もないな……?)

「平気よ。私は魔法を使っていないし、リリのも汎用魔法だもの。認識阻害のローブもあったし、希少種だとはバレてないはず」

「そういう問題かなあ……」

「身体《からだ》に恐怖を刻み込んだから平気よ」

「それ聞いて、じゃあ平気かあ、とはならないよ!?」

言うと、マイヒメはもう片方の手でピースサインを作る。

わかっているのだろうか。全くピースな解決方法ではなかったのだが。

すると、左手にねっとりとした感触が走る。

「は、んん……ちゅぷ」

身体がびくりと震える。不穏な感触に怖気《おぞけ》が走る。

ゆっくりと視線を下げると、ヒグレの指に吸い付くリリティアの姿があった。

ちゅぱちゅぱと指を吸い、手の甲に舌を這《は》わせる。「ふっへっへ」と恍惚《こうこつ》とした笑みを浮かべていた。

「うぎゃああ――っ、はあ!? 何やってんの!?」

慌てて手を引くと、リリティアは名残惜しそうに見てくる。

どうやら、ヒグレの手に付着した血を舐《な》めていたらしい。

男に殴られた時に出た鼻血だ。中々止まらず、手が真っ赤になっていたのだが……リリティアは、それをずっと狙っていたのか。

「ふっへっへ。もったいなくて」

「頭おかしいんか、お前!?」

「ヒグレさん、食べ物を粗末にするのはよくないですよ！」

「俺の血は食べ物じゃねええええ！」

何をおかしなことを言っているのだ、と小首を傾《かし》げるリリティア。

リリティアは、未《いま》だ血が付着したままの口元をジッと見つめている。

若干、口からよだれが垂れている。

じゅるり、なんて聞こえてくる。

ルビーの瞳は爛々《らんらん》と輝いていた。

「ぜ、絶対ダメだからな！」

「あん、いけずぅ」

ヒグレが両手で鼻を隠すと、リリティアは不満そうに口を尖《とが》らせるのだった。

◇

ヒグレたちは、手を繋いで帰路に就く。

廃教会周りの通りは迷路のように入り組んでおり、メインストリート付近に比べて治安も悪い。ふと視線を横にずらせば、棒のような腕を伸ばす物乞いが目に入った。王都は、ある程度裕福な街というイメージだったが、たしかな貧富の差は存在するらしい。

さっきだって、絡まれたのがリリティアとマイヒメではなく、ヒグレだったら、笑い事では済まされなかった。マイヒメの言うように、人身売買や人体実験をされる未来もあったかもしれない。

リリティアやマイヒメは、そういったこの世界の過酷さに直面しながら生きて来たはずだ。たまに出るおどけた態度も、ヒグレに気を遣った故の……というのは考えすぎだろうか。

なんにせよ、改めて過酷な世界だと感じる。

と。

「――いや、離してっ」

思考を断ち切るように、路地の奥から悲鳴が聞こえた。

弾《はじ》かれたように向けたヒグレの視線と、少女の視線が交わる。

「おい！　大人しくしろ！　抵抗しても無駄なんだよ！」

まるで、ヒグレの思考を補足するような状況だった。

少女の頭には蝙蝠《こうもり》の羽のような器官が二つ付いている。四大種族にはない特徴だ。希少種なのだろう。両手に枷《かせ》が嵌《は》められ、鎖につながれている。

その鎖を持つのは、如何《いか》にも成金そうな小太りのおじさんだった。

よく目を凝らせば、路地の奥には馬車が止めてあり、荷台には牢《ろう》が取り付けられていた。

——最近まで奴隷商に捕らわれていて、その時の主人が人類種《ヒューマン》だったから……多分、トラウマがあるんだと思う。

セーフティーハウスでの、マイヒメの言葉を思い出す。そうか、これが奴隷商というヤツか。あの子も、同じように枷を嵌められ、牢に捕らわれていたのだろうか。

ヒグレを見る少女の目は憎悪に燃えていて、自分はそっち側なのだと、突き付けられる。

「ヒグレ君、いくよ」

無意識の間に立ち止まっていたヒグレの腕を、マイヒメが引く。

マイヒメは痛ましそうに唇を噛《か》んでいた。ヒグレを摑《つか》む手は、僅かに震えている。目を伏せたリリティアは、憤懣《ふんまん》やるかたないといった様子で拳を握っていた。

「今は……ごめんなさい。今のわたしたちには、目につく全てを思うままに助けられるほどの力はない、から」

「………………」

マイヒメとリリティアに手を引かれて、ヒグレは再び歩き出した。

重苦しい空気に、ヒグレは何も言えず、ただ二人の後を追う。

しばらくして、ひしめき合う路地に入った。割れたガラス窓を横目に、この世界で一番慣れた道を通る。購入した食材やら何やらを抱えたヒグレは、二人の後ろについて歩を進める。

「私たちは、別に四大種族を滅ぼしたいだなんて思ってはいないんですよ。ただ、普通の暮らしがしたい。普通に生きる権利が欲しい。そのために、力を蓄えなくちゃいけない。弱ければ、交渉のテーブルにさえ着けないから」

前方でピンクローズの髪を揺らすリリティアは、滔々《とうとう》と語り出した。

普段のおどけた調子ではなく、確かな意志と熱が籠もった声音。

「そのために、必要なものが二つあります。一つは、皆を導くための旗印《アイコン》」

リリティアは、隣を歩くマイヒメに視線をやる。

「それが、妖狐種《ルナール》の王族、その生き残りである、わたし」

「……生き残り」

「ん。希少種の中でも、みんなを先導できるほどの血筋の者はほとんど処刑されてしまったわ。わたしは、最後の希望なの」

「そして、二つ目は——」

リリティアは足を止めると、その場で振り返る。

「圧倒的な量の魔力——すなわち、力です」

ヒグレの鼻先に、人差し指を突き付けて、切なげに笑った。

リリティアの熱の籠もった瞳に、ヒグレは顔を引きつらせる。

ヒグレの魔力が無限だとでも思っていそうだ。

秘められた強大な力が眠っているとでも思っていそうだ。

抱える問題の全てを解決してくれるとでも思っていそうだ。

「ヒグレ君、わたしはあなたを信じているわ……！」

「もう、頼れるのはヒグレさんだけなんです……！」

まるで、勇者だか、英雄だかを見るような目で見てきやがる。

ただのエサなのに。リリティアが、ヒグレをエサと呼んだのに。エサとして喚《よ》んだのに、そんなことは忘れているとでも言わんばかりの熱い視線を向けて来るのだ。

だから、ヒグレも、こう言うしかなかった。

「………おう、任せとけ」

◇

まるで、ヒグレの言葉を嘲笑《あざわら》うかのようなタイミングだった。

絶望とは、一切の前触れもなく降りかかるものらしい。


子供たちが攫《さら》われた。


最初に異変に気付いたのはリリティアだった。

廃教会の床。ヒグレたちが拠点としているセーフティーハウスへ続く地下通路の扉が開きっぱなしになっていた。単なる閉め忘れならいいが……ここに住まう者は、この扉がどれだけ重要な物かを理解しているはずだ。

リリティアは額に汗を滲《にじ》ませ、転がるように階段を駆け下りた。

魔石灯に明かりを灯《とも》すこともせず、最速で部屋へ戻り、扉を開け放つ——までもなく、扉は開いていた。

ひっくり返った椅子と、ぶちまけられた食器、裂かれたテーブルクロス。凹んだ床と、割れた花瓶。まごうことなき大惨事。ここで、何か事件があったのは明白だった。

リリティアとマイヒメは、子供たちの名前を呼び、部屋中を探す。

だが、部屋に入った瞬間から脳裏を過《よぎ》った嫌な想像の通り、子供たちの姿は見えなかった。応答する声はなく、その気配もない。

順々に部屋を回る。

最後に客間として空けている一室を確認し、リリティアは、その場に崩れ落ちた。

「なんで……嘘《うそ》、ですよね」

マイヒメはリリティアに寄り添い、優しく背中を撫《な》でるが、その手は僅かに震えている。

と。その時。

「ごめ、んなさい……」

ベッドの下から、か細い声が聞こえた。

ベッドからずり落ちた毛布がもぞもぞと動き、一人の少女が顔を出す。

「ノエミちゃん――ッ！」

頭に蝙蝠の羽のような器官が二つ付いた、黒髪の女の子――ノエミ。

リリティアは、ベッドの下から彼女を引っ張り出すと、強く抱きしめた。

人類種《ヒューマン》の奴隷商に捕まっていたところを、リリティアに助けられたと言っていた女の子だ。

魔力過食症により体調を崩していたノエミは、この客間で療養していた。それが幸いして、一人難を逃れることができたのだろう。

「ごめんなさい……っ、みんな連れていかれちゃった。ナインナンバーの猫人種《ウエアキヤツト》の人がきて……あっという間に、わたしのこと、みんなかばってくれて……うぅ、ひぐ」

ノエミは、リリティアの胸の中で咽《むせ》び泣く。

「大丈夫。大丈夫ですよ。ノエミだけでも無事でよかったです」

「マイヒメお姉ちゃんの居場所をね、聞いてきたの。でも、誰も言わなかったよ……！　妖狐種《ルナール》のお姫様のマイヒメお姉ちゃんがいれば、希少種も立て直しができるって……信じて、だから……誰も、言わなかったんだよ」

リリティアは、何も言わず、震えるノエミの背中を優しくさする。

「やっぱり、狙いはわたし……あの毒袋はマーキングだったのね」

マイヒメは、ぽつりと呟《つぶや》いた。

いつもの無表情でありながら、拳は強く握られ、紅の瞳は不安に揺れている。

「どうして、わたしたちばっかりこんな目に遭わなきゃいけないの！　何も悪いことしてないじゃん……ッ、平和に暮らしたいだけなのに！　こんな日の当たらない所での生活で……それすらも、許してくれないの？」

ノエミの悲痛な声に、誰も何も言うことができない。

これまでの苦しい生活。やっと前を向けるというところで、その僅かな希望すら摘み取られる。涙を流したところで現状は変わらないだろうが、理不尽を嘆かずにはいられない。

沈黙。重苦しい空気が場を支配した。

ヒグレの日常では考えられないことだった。

その種族に生まれただけで、命を狙われる日々。

明日食べるのにも困り、満足に陽《ひ》の光を浴びることもできない。

ノエミの言うことが全てだ、彼女たちは何も悪いことなどしていない。

それどころか、よく耐え、泣き言も言わず頑張っていたと思う。

(俺には何かを変える力はないと思う。それでも、少しでも俺に期待してくれるというのなら――)

ヒグレはグッと拳を握り、顔を上げた。

「よし！　子供たちを救いに行く作戦を立てよう！」

ヒグレの場違いにも思える叫びに、三人が顔を上げる。

「わざわざ攫ったってことは、まだ生きてるんだろ!?　だったら、助けに行くしか選択肢はない！　それとも見捨てるのか？　ほらほら、元気出せって！　今ならこの俺がいるからな！　それくらいの大立ち回り余裕だッ！」

再びの静寂。ヒグレを見る三人の表情は、三者三様。

呆《あき》れているようにも、困惑しているようにも見える。

ヒグレは腰に手を当てたままのポーズで硬直。

若干の後悔がないわけでもない。だが、力も知恵もないヒグレが、このまま同じように落ち込んでいては、この世界に来た意味がないというもの。

またしばらく沈黙が続き、後悔のレベルが若干を超えて来たところで。

ノエミが、その静寂を破る。

「……本当に？」

立ち上がったノエミは、ヒグレの正面までやってきて、見上げた。

初めに会ったときの怯《おび》えきった目とは違う、確かな期待を以《もっ》てヒグレを見てくれている。

人類種《ヒューマン》のヒグレに怯えることなく、まるで信頼しているような視線を向けてくれていた。

ならば、根拠などなくとも応えぬわけにはいかない。

「おう」

「……エサなのに」

「エサじゃない。異世界から来た、勇者だ！」

言うと、ヒグレはノエミと視線を合わせて、ポンと頭に手を置いた。

「しんどい時こそ、前向きに。だ。何とかなる！　てか、する！」

ノエミは、不思議そうにヒグレを見つめると、くすり。「なにそれ」なんて言って笑みをこぼした。気づけば、ノエミの身体《からだ》の震えは止まっていた。

「そうですよね……ヒグレさんの言う通り、殺すならこの場でしてるはずです」

リリティアは、ノエミの横にやってくると、安心させるように頭に手を置いた。

それから、沈鬱な雰囲気を振り払うように、努めて明るく声を出す。

「まだ諦めるのは早いです。やってやりましょう！　子供たちの奪還！」

「おう、その意気だ！」

ガシッと握手をするヒグレとリリティア。

しかし、マイヒメは、その後ろで唇を噛《か》み、俯《うつむ》いていた。取り返しがつかないことをしたと声を震わせる。

「わたしだ、わたしのせいでみんなが……ッ」

そして、ギュッと黒刀を握ると、思い立ったように駆けだした。

殴りつけるような勢いで扉を開け、リビングルームを抜けて、地上へ続く階段へ。

ヒグレは慌ててマイヒメを追う。扉を弾《はじ》き、テーブルを跨《また》いで、何かが腕を擦過して痛みを感じるのも無視して、荒れた部屋を最短距離で駆けた。

「おい、マイヒメ！」

やっと追いつき、階段の途中でマイヒメの腕を摑《つか》む。

が、すごい力で振りほどこうと腕を引かれる。

「放してッ！」

「どこ行くつもりだ！」

「みんなを助けに行くのよ！　わたしがッ！」

振りほどかれそうになるのを必死に耐え、両手でマイヒメに追い縋《すが》る。マイヒメも本気でヒグレをどうにかしたかったわけではないのだろう。もし、その気なら、ヒグレはとっくに振り払われていた。

「放して、放してよ……っ！」

「嫌だね！　絶対放さない！」

こうして、しばらくもみ合いを続け。

無意味だと覚《さと》ったのだろう。

それか、やはり話を聞いて貰《もら》いたい気持ちもあったのか。

マイヒメは観念したように、ぽつり、ぽつりと言葉を漏らす。

「ナインナンバーの狙いは王族であるわたしで、ルイルイの付けた目印にも気づかず、セーフティーハウスまで戻って……わたしは、お姫様失格だわ！」

「それで言ったら、俺だってルイルイの策略に気づかなかった！」

「そんなの、異世界から来たばかりのヒグレ君が気づけるわけない！」

「そもそも、足手纏《あしでまと》いの俺がいなけりゃ、簡単に逃げられたはずだ」

「そんなの関係ないわ……それでも、わたしが気づかなきゃいけなかったのに」

マイヒメは部屋の惨状とノエミを思い出してか、しゅんと尻尾を折る。

そして、顔を上げたマイヒメは、非常に危うい目をしていた。

「だから……みんなを助けに行くというなら、わたし一人で行くの。それがお姫様の役目だもの！」

「ダメだ。そんなの敵の思う壺《つぼ》だろ！」

「でも、それなら……他にどうしろって……」

「マイヒメは、俺を信じてるって言っただろ！」

ヒグレを奮い立たせるための言葉だったのかもしれない。

深い意味も、期待もなかったかもしれない。

それでも、マイヒメが嘘でそれを言うようなヤツだとはどうしても思えなかったし。

自分の言葉に責任を持てないような、ヤツだとも思えなかったのだ。

「それは嘘だったのか？」

「そ、れは……ぁ」

迷いながらも顔を上げ、葛藤の末か目尻に涙を浮かべる。

そして、何かを口にしようとした、その瞬間、マイヒメは足を滑らせた。

身体がぐらつき、ヒグレに覆いかぶさるように倒れ込む。

「——ッ!? ぐぅ」

問題なのは、ここが急な階段の上だということだ。

ヒグレとマイヒメは、きりもみ状態になり階段を転げ落ちた。

ヒグレは咄嗟《とっさ》に、マイヒメを抱きかかえ、鈍い衝撃に身体を硬くする。上も下もわからなくなり、不規則な衝撃に襲われた。やがて勢いは止まるが、上手《うま》く状況把握ができない。ただ、全身の痛みだけを感じていた。

「あ……つぅ」

ぐわんぐわんと揺れる視界が安定すると、マイヒメの不安そうな顔が全面に映し出された。どうやら、マイヒメに組み敷かれる形で地面に叩《たた》きつけられたらしい。

「ご、ごめ……ヒグレ君へいき？」

幸いなことに、マイヒメに怪我《けが》はないようだ。

「ああ、こんなのマイヒメの今までの苦労に比べたら全然だね」

ヒグレは口元を拭って、精一杯の強がりを口にする。

「……っ、そんなの」

マイヒメは迷っている。

多分、心の底では、自分がどうすべきかわかっているのだ。

けれど、それよりも自責の念という枷《かせ》が彼女にとっては重たい。

だから、賭けだが、本当はすごく嫌だが、ヒグレも本音を話さなきゃいけないと思った。

格好をつけた聞き心地のいい言葉で押し切るなんて、今のマイヒメには無理だから。

「わかるぜ。異世界から来た、どこの馬の骨とも知らねえ人間を信じるのは簡単なことじゃない。大して役に立ててもないしさ、さっきは啖呵《たんか》切ったけど、余裕だとか言ったけど、どの口がって感じだよな」

ヒグレには、マイヒメを納得させるだけの実績がない。

マイヒメには、ヒグレを喚《よ》んだ負い目があるのかもしれないが、それは同情であって、信頼とは程遠い。

「俺は弱いと思う。自分の持つ力も碌《ろく》に把握できないし、きっと、これからもマイヒメたちに迷惑をかける。悔しいけど、俺が何を言っても口先だけのヤツだって思われると思う……」

ヒグレは、マイヒメの手を握り、強く訴えかける。

真っすぐマイヒメの目を見て、自分にできる最大限の気持ちを伝えた。

「でもさ、仲間の声を聞かずに一人で敵地に乗り込むことが、本当にお姫様の役目なのか？」

マイヒメは、はっと目を見開く。

つうと頬を涙が伝い、震えたか細い声を漏らす。

「……っ、違うと思うわ」

崩れ落ちるように身を屈《かが》め、ヒグレの胸元に額を当てる。

洟《はな》を啜《すす》り、声を震わせながらも、言葉を発す。

「わたしはお姫様だから……そう、みんなに信じてほしくて、それが力になるから……でも、その前に、わたしがみんなを信じてあげなきゃいけなかった。わかってたはずなのに……」

前に進もうとして、それを伝えようとして、言葉を紡いでいるのがわかった。

「わたしは……ヒグレ君のこと頼りないなんて思ってないわ。でも、一人で敵地に乗り込もうなんて……そう思われても仕方がない。わたしこそ、口先だけね」

強く戒めるように、マイヒメは両頬を叩く。

今のマイヒメは、まさにお姫様というのに相応《ふさわ》しいいい顔をしていた。

「ごめんなさい、情けない姿を見せたわ。わたしはお姫様。だから、ついて来て、ヒグレ君」

マイヒメは涙を拭って立ち上がる。

倒れ込むヒグレに手を伸ばして、力強く引っ張り上げた。

「おう！」

「ありがとう……わたし、がんばるね」

言うと、マイヒメはヒグレの胸元に、そっと体重を預けた。

すると、「コホン」。

後ろから、わざとらしい咳払《せきばら》いが聞こえた。

ヒグレたちの会話を聞いていたのだろう。少し不満そうに口を尖《とが》らせながら、マイヒメを見た。

「もちろん、私も手伝いますよぅ？　あんまり水臭いこと言わないでください。私たちの仲じゃないですかぁ」

それから、リリティアは「責任感が強いのはいいことですけどね。いつも、いつも一人で背負い込み過ぎなんですよ。私は確かにちょーっと変態で頼りないところもありますが――」とつらつらと恨み言を重ねる。どうやら、自分を頼ってくれなかったことに関して、酷《ひど》くご立腹のようだった。

それがよっぽどおかしかったのか、マイヒメはくすりと笑う。

「ええ……ごめんなさい。全員でがんばりましょう、リリ」

こうして、三人で協力して、子供たちを助け出すことを決めたのだった。

◇

ヒグレ、リリティア、マイヒメは神妙な面持ちでテーブルを囲む。

ノエミは、比較的被害の少ない客間で寝かせてあげた。魔力過食症については、ほぼほぼ完治しているが、精神的なダメージの方が深刻そうで、すぐに眠りについた。

ナインナンバーの猫人種《ウエアキャット》がやってきたと、ノエミは言った。

その情報で思い当たる者は一人。先日、マイヒメとヒグレを襲った少女――。

「ルイルイ・イレン。本当にうかつだった……最後の麻袋、毒だと思ったけれど違ったのね」

マイヒメが彼女を跳ばす直前、ルイルイは紫色の粉が入った麻袋を放った。如何《いか》にもな色で騙《だま》されたが、あれはマーキング、一種の発信機のようなものだったらしい。

攫《さら》われた子供たちに対する見解は、概《おおむ》ねヒグレが先ほど述べた通りのものだった。

殺すことが目的ならば、この場で殺している。わざわざ手間をかけて攫ったということは、子供たちにも使い道があるということだ。

敵がマイヒメを狙っていたことを考えるに、マイヒメを誘《おび》き出すための人質だろうか。

「でも、こちらにはヒグレさんがいますからね！　余裕ですよね！」

「そうね。わたしたちを焚《た》きつけるくらいにはやる気満々だったし、きっとなんとかしてくれるわ」

「ですね！　それにしても、ヒグレさんが、そこまで私たちのことを考えてくれてるなんて思いませんでした！」

「ええ。わたしも感動したわ」

すっかりやる気になったリリティアとマイヒメ。

前向きなのはいいことだが、その根拠が何とも歓迎できないものだった。

「あのー、さっきはね、ちょっと調子に乗ったと言いますか。俺はクソ雑魚《ざこ》エサ野郎なんで、あんまり過剰な期待はね？　その、ね……後ろ向きになるよりはいいんだけどね……？」

「何言ってるんですか！　痺《しび》れましたよ、ヒグレさんの演説！」

「演説ってほどじゃ……本当に調子に乗ってごめんなさい。あれはイキリすぎました」

ヒグレが不安そうに言葉を零《こぼ》すと、リリティアは「またまた」と八重歯を見せて笑う。

「やっぱり、ヒグレさんには秘められた力があるんですよ！　何か、覚醒の兆しとかあったんですよね？　自信の源はそれですか？」

「いや、ちょっと待って……色々おかしい」

「え？　私たちには、まだ秘密ですかぁ？　もったいぶっちゃってぇ、この、このっ」

助けを求めてマイヒメを見やると、マイヒメはご機嫌そうに両手でピースをしてきた。

ダメだ。恐らく、彼女の思考もリリティア側である。

もう、何をどう説明すればいいのかわからない。もう一度、あの沈鬱な空気に戻るのは勘弁願いたいし、苦笑いを浮かべたヒグレは、仕方なしと話を先に進めるのだった。

まずは、貴重品を持って、拠点を移すことになった。

この場所が敵にバレている以上、長くとどまることはできない。移動の際には、人や魔法の気配に十分注意を払った。リリティアの魔法も使って慎重に進んだので、問題はないだろう。

新しいセーフティーハウスは、王都中心の広場近くの宿屋だった。

外から見れば完全に宿屋なのだが、その実態は微妙に異なる。リリティアたちのような特殊な事情のある者を中心に受け入れる、違法すれすれの宿舎なのだとか。本当にすれすれなのだろうか。ガッツリはみ出してはいないだろうか。

如何にも金持ちそうな貴族の美丈夫《びじょうふ》とすれ違ったが、互いに会釈をするにとどまった。この宿舎を利用する者同士は不干渉がマナーらしい。

ヒグレたちに割り当てられているのは、三階の一区画。窓から外を眺めれば、広場の噴水が目に入る。思い切り街の中心で不安になるが、木を隠すなら森の中ということだろうか。

ノエミに留守番を言いつけると、ヒグレたち三人は宿舎を後にする。

「奴隷にするにしろ、人質を盾に交渉を仕掛けるにしろ、捕らえた希少種を留置する場所は同じだったはずです。まずは、そのあたりの詳細を聞きに行きましょう」

「聞くって誰に？」

「優秀な情報屋がいるわ」

「ちょっと変わった人ではあるんですけど、基本的には優しい人ですよぉ」

両隣のリリティアとマイヒメを見て、ヒグレは首を傾《かし》げる。ちょっとどころじゃなく変わった二人が何を言っているのか。

今更、どんなのが来ても異世界だから、で対応できる自信があった。スライムが喋《しゃべ》るくらいは、どんとこいである。

こうして、ヒグレが連れてこられたのは魔道具店だった。

何に使うのかもわからないような道具が、几帳面《きちょうめん》に並べられている。水晶玉のような石や、錬金術にでも使いそうな釜、ただのアクセサリーにしか見えないような物まで多岐に渡るが、これが全て魔道具だと言うのだから、驚きである。

「紹介しますね。表の顔は、魔道具店の美人店主！　実は、希少種と繋《つな》がる貴重な情報屋！　緑精種《エルフ》のミスティ・フロマージュちゃんです！」

腰のあたりまで伸びた綺麗《きれい》な薄緑色の髪に、エルフ特有のとんがった耳。形のいい困り眉に、翡翠色《ひすいいろ》の瞳。物腰柔らかそうな雰囲気で、優しいお姉さんといった印象だ。

今のところ何が変わっているのかはよくわからなかったが、ヒグレは別の理由で声を上げる。

「あー！　お前は！」

「え、あ……冒険者ギルドの時の……！」

ヒグレとミスティは、互いに指を差し、驚きに目を見開いた。

間違いない。狼人種《ライカンスロープ》の男に詰め寄られていたお姉さんだ。

華麗に助けて見せようと乱入したはいいものの、魔道具に魔力を注ぐことすらできず、殴られて蹲《うずくま》る。挙句の果てに、助けようとしたお姉さんに心配されるという情けない思い出が蘇《よみがえ》る。

「二人は知り合いなの？」

マイヒメの指摘に冷や汗を浮かべた。

ヒグレとしては、掘り起こされるのは勘弁してもらいたい出来事である。

「知り合いっていうほどじゃないんだけどね――」

しかし、そんな不安を知る由もないミスティは、冒険者ギルドでの出来事を語り始めた。

あの醜態が曝《さら》されると思うと気が気でなかったが、話を聞いていくうちに、どうにもミスティとヒグレの認識に齟齬《そご》があるのがわかった。何故《なぜ》か、いい意味で。

「――ていうわけでね。彼が困ってる私を助けてくれたの！　誰もが見て見ぬふりをしている中、私を守るように男の前に立ってくれてね。ちゃんとお礼がしたかったのに、名乗らずに去っていってしまうんだもの。こうして再会できてよかったわ」

うっとりとした表情を浮かべるミスティに、ヒグレはいたたまれない。

「さっすがヒグレさん！　この世界に来たばかりで色々大変でしょうに、見ず知らずの人を助けようだなんて、素晴らしいです！　私の目に狂いはなかったですね！」

「ヒグレ君、みなおしたわ」

ミスティの話を聞いて、リリティアとマイヒメもキラキラとした瞳でヒグレを見てくる。

「ちょっと待って……かなり脚色されてるな？」

「そんなことないよ！　カッコよかったよ！」

「俺、結局殴られて何もできなかったような……」

「大事《おおごと》にならないように、わざと拳を受けたんだよね？　怒り任せに暴力を振るうんじゃなくて、周りのこともちゃんと考えられるの、スゴイと思うな」

「おっと……？」

滅茶苦茶《めちゃくちゃ》いいように解釈されていた。

どういう思考回路を辿《たど》ったら、その結論に至るのか。大した筋力も戦闘経験もなく、魔法も一切使えない、この世界においての普通未満の人類種《ヒューマン》がヒグレである。多少魔力が多い疑惑のある、ただの地球人である。

しかし、ミスティは王子様でも見るような羨望のまなざしを向けてくる。

「それにしても、ヒメちゃんから話は聞いていたけど、君がそうなんだ。こうして再会できるなんて運命、だね」

ミスティは頬を赤く染め、ヒグレの手をがっしりと掴《つか》んだ。

「私の運命の――弟クンだ」

妖しく揺れる瞳。吸い込まれそうなほどに綺麗な、翡翠色。

まるで、ヒグレ以外のものは見えていないとでも言わんばかりに淡く輝く。

雰囲気だけ切り取れば甘酸っぱいとも取れるのだが、理解不能なワードに、ヒグレの思考が一瞬フリーズ。

「えっと……オトウトクン？」

思わず片言が漏れた。

リリティアとマイヒメを見ると、あちゃーと頭を抱えていた。ヒグレと視線を合わせようとしない。ヒグレを見ず、二人は観念しろと言わんばかりに肩に手を置いてきた。

「え、なになに……怖いんだけど!?」

比べてミスティは、相変わらずヒグレをジッと見つめてうっとりとしている。

「私のことはお姉ちゃんって呼んでね」

「どういうこと……ですかね」

思わず、敬語になるヒグレ。

未知との遭遇に思考がオーバーヒートするのを感じる。

「私、ずっと弟が欲しかったの。カッコよくて、可愛《かわい》い弟を甘やかして一生を過ごしたいって思っていたの。それでね、いつか現れる運命の弟を夢見て、今まで生きてきたんだ」

「今の説明になってないよ!? 運命の弟って何!? 初めて聞いたけど！」

「緑精種《エルフ》だと普通だよ？ 運命の人と姉弟の契約を結ぶの♡」

「そうなんだ!?」

謎風習すぎる。まあ、異世界なら、そんなこともあるかと思ったのだが。

リリティアたちは同時に首を横に振る。

「そんな風習は聞いたことがないわ」

「世界広しと言えど、そんなぶっ飛んだ思考は、ミスティちゃんだけですよ」

ぶっ飛んだリリティアに、ぶっ飛んだなんて言われている。

これは確かに、変わっていると評するのも納得である。その方向が想定とあまりにもズレていたのには困惑したが。

「お前めっちゃだまそうとしてくるじゃん！ 俺が異世界人なのをいいことに！」

「お前なんて他人行儀な呼び方は止《や》めてね。お姉ちゃんだよ。お・ね・え・ちゃ・ん！」

「呼べるか！」

「ふふ、照れちゃって。そういうお年頃かなあ？」

「いやいやいや、照れとかの問題じゃないよ!? いきなりお姉ちゃん呼びは、意味わからなすぎるだろ!?」

「むむむ。弟クン、自分の常識と異なる風習を意味わからないで一蹴するのは、お姉ちゃん感心しないな」

「お、おお……それは、そうかもしれな――いや、騙《だま》されないぞ！　風習じゃなくて、これお前の欲望だろ!?」

それを聞いたミスティは、一瞬の逡巡《しゅんじゅん》。いいことを思いついたと言わんばかりの笑みを浮かべると、「えいっ♡」とヒグレを抱き寄せた。

「ふぐぅ――っ」

突然のことに、情けない声が漏れる。

顔面に押し付けられた、柔らかく壮大とも言える双丘。むにゅんと形を変えながら、ヒグレを溺れさせようと侵略してくる。

「こう見えて、私料理は上手《うま》いし、魔道具店も儲《もう》かってるからお金もたくさん持ってるし、毎日一緒に寝てあげるし、おはようから、おやすみまで、お世話してあげるよ」

ねっとりとした、甘やかな声に耳をくすぐられる。

「ね、幸せにしてあげるよ。私の弟になっちゃおうよ」

甘くも清涼な香りに、くらくらする。

身体《からだ》に上手く力が入らず、抵抗ができない。いや、ヒグレの本能が抵抗など望んでいな

いとでも言うのだろうか。思考が溶かされていくのを感じる。

「どうかな？　お姉ちゃんと一緒にここで暮らしてみない？」

（あれ？　それも悪くないのか……）

そう思った瞬間、強く腕を引かれ魅惑の双丘から解放される。

ムッと表情を歪《ゆが》めるマイヒメと、ぷくうと頬を膨らませるリリティアに引っ張り出された。二人はヒグレの両腕を強く、本当に強く「いたたた――っ」握って離さない。

「ダメよ。ヒグレ君には大事な使命があるもの」

「そうですよ！　ていうか、私よりえっちなキャラ付けしないでください！」

「そうよ。リリよりえっちで、胸までリリより大きいなんて、リリのアイデンティティがなくなってしまうわ」

「あれ？　マイヒメちゃん？　矛先間違えてません？」

「わたしは、差別化できてる」

マイヒメはピコンと狐耳《きつねみみ》を立て、平らな胸をアピールした。

何故か、リリティアとマイヒメの間でも火花が散り始める。

「ごめんね、リリちゃん。ヒメちゃん。でも、私には弟クンを幸せにする義務があるの！」

ヒグレを取り返そうと腰に抱き着くミスティ。

「それはお姫様として見過ごせないわ！」

腕を引っ張るマイヒメ。

「ヒグレさんは私とえっちで爛《ただ》れた生活をするんですよぅ！」

ヘッドロックを決めて引き寄せようとするリリティア。

もう何が何だかわからない。四人は散々もみくちゃになって。

「もう勘弁してくれえええ――っ」

店内にヒグレの悲鳴が響き渡るのだった。


時間を置いて少し落ち着いたところで、四人は店の二階の居住スペースへ移動した。

リリティア、マイヒメ、ミスティは、椅子に腰かけ、テーブルに着いている。

そんな中、ヒグレは一人、床で正座をしていた。

誰がヒグレの隣に座るかで揉《も》めた結果がこれである。

床で正座したヒグレは、木製の椅子に座る三人を見上げる。三人とも笑顔を返してくれるのだが、何とも言えない圧を感じる。

「どうして、こうなった……」

そして、このままの状態で真面目な話し合いへ移行した。

ミスティの下《もと》を訪ねたのは、攫《さら》われた子供たちの救出のためである。

先日、ルイルイと交戦があってから、子供たちが攫われ、拠点を移したところまで、マイヒメがざっと説明をしてくれる。説明が終わる頃には、ヒグレの脚は完全に痺《しび》れていた。

「――ということで、子供たちの居場所を教えていただけませんか？」

「こういう状況で、真っ先にどこへ連れていかれるか、ミスティなら知っているはず」

話を聞き終わると、ミスティは腕を組んで深く頷《うなず》いた。

「なるほどね。事情はよくわかったわ。もちろん、私もヒメちゃんたちの仲間のつもりだし、協力させて貰《もら》うわ。こういう時の情報屋だもの」

それを聞いて、リリティアの表情がぱあと華やぐ。

「ただし、一つだけ言いたいことがあるわ」

と、ミスティは釘《くぎ》を刺すように言った。

未《いま》だ正座をしているヒグレへ、不満そうな視線を向ける。

「弟クンが、どうしてもお姉ちゃんを頼りたいと言うなら、私は全力でがんばれると思うの」

「お、おう……？」

「弟クン、ちゃんと私に甘えてねっ」

「えっと……？」

困惑していると「ヒグレ君から、協力するように言ってほしいわ」とマイヒメが小さな声で要求してきた。

ミスティの意図も、話の流れもイマイチわからなかったが、ありがたいと思っているのは本当だし、そもそも、魔道具店を訪れたのは彼女を当てにしてのこと。

「ミスティが頼りだ。協力してくれないか？」

そう思って、困惑しながらもミスティに感謝を述べるのだが。

「つーん」

ミスティはそっぽを向くのみ。

「えっと、ミスティさん？」

「つーんっ！」

よくわからなかったが、とにかく不満があるようだ。

本気で怒っているわけではないらしく、時折チラチラとヒグレを見て来るのだが、本当に意味がわからなかった。

するとと、立ち上がったリリティアが、ヒグレに耳打ちをしてくる。

「ごにょごにょごにょ――ってことで、頼みます。ヒグレさん」

「ええ……」

リリティアの助言に、思わず呆《あき》れ顔《がお》をするヒグレ。

マイヒメは、任せたとでも言うように、グッと親指を立てる。

エサだと言われたり、子供に子供扱いされたり、弟がどうとか……とにかく、すごくおもちゃ扱いされているように感じるのは気のせいだろうか。

（いや、みんないいヤツだし、必死なのはわかるんだけどさ……）

思っていた異世界転移と変なベクトルで違っていた。

良いとか悪いとかではなく、なんかこう、ズレている感じがする。リリティアたちが変わっているのか、この世界がおかしいのかはよくわからなかったが。

ヒグレは「んんっ」と咳払《せきばら》いをして、ミスティを見据える。

若干の照れと戸惑いを隠し切れないながらも、思い切って口を開いた。

「俺たちを助けてほしいな……えっと、お、お姉ちゃん」

顔から火が噴き出そうだった。

恥ずかしさで、誰の顔も見られない。

「ぐえ――っ」

と、突然の衝撃。

柔らかな感触と甘い香りで、ミスティに抱き着かれたのだと覚《さと》る。

「うん！　お姉ちゃんにお任せあれ！」

ぎゅーっと腕に力を籠《こ》め、愛《いと》おしそうにヒグレに頬ずりをした。

全身にミスティのぬくもりと、柔らかさを感じる。抵抗しようと藻掻《もが》くも、すごい力で抜け出せない。ぬいぐるみにでもなった気分である。

「ふふふ、なんて可愛《かわい》い弟クンなの。私、弟クンのためなら、世界も滅ぼしてあげるからね。滅ぼしたくなったら、いつでも言ってね♡」

いつでも朝ご飯作ってあげるからね、くらいのノリで言われても困る。真剣に言われても困る、とにかく恐ろしい提案だった。さらっと何を言っているのか。

「み、ミスティ離して……」

「つーん」

柔らかな双丘に溺れたぬいぐるみは、助けを求めて声を漏らす。

ミスティは力を緩めることなく、そっぽを向くのみ。名前呼びでは、絶対に反応しない方針らしい。

「お姉ちゃん……離して」

「ダメだよ。お姉ちゃんと弟は常に一緒なの。片時も離れてはいけないのです」

「どっちでも結果変わらないじゃねえか！」

◇

夕日の残照が西の稜線《りようせん》に消え、星々がぽつぽつとその存在を主張し始める。

呼応するように、街灯にも明かりが灯《とも》り始めた。その様子を不思議そうに眺めていると、あれも魔具の一種で整備士が定期的に魔力を注いで使われているのだと、ミスティが教えてくれた。

王城のある北側とは逆方向。メインストリートを抜け、スラム街の方へと歩を進めていく。

数時間ほど歩いたろうか。すっかり夜は更け、遠くから狼《おおかみ》のような獣の鳴き声が聞こえ始める。この世界についての授業を受けながらの道のりはあっという間だったが、運動不足のヒグレの身体《からだ》には、確かな疲労が溜《た》まっていた。

目的地に到着。

ふと足を止め、その建物を見上げた。

「……なんか屋敷みたいだな」

ミスティに案内され、希少種専用の留置所へやってきた。

基本的に捕らえられた希少種は、一度この建物へ収容されるらしい。それから、取り調べされ、奴隷商に流されたり、魔法、魔具に関する実験に使われたり、用途ごとに他施設へ送られるのだとか。

長いこと放置されているであろう芝に、庭木。巨大な翼を生やした石像が威厳を以《もっ》て立ち並び、その中心には、横に長いレンガ造りの屋敷が鎮座していた。窓の配置から三階建てだろうか。緻密な彫刻で彩られているものの、手入れはあまりされていないのか所々に

た。

留置所と聞いて刑務所のような場所を想像していたヒグレとしては、少々拍子抜けだった。

蔦《つた》が昇っていた。

「実際、以前は普通に貴族が住む屋敷だったみたいですよ？」

「希少種との繋《つな》がりがバレて処刑され……みたいな噂《うわさ》もあるよね。都合のいい噂だし、本当かはわからないけど」

ミスティの言葉に、今更ながら一つの疑問が浮かぶ。

「そういえば、ミスティって緑精種《エルフ》だよな？　いいのか？」

「…………」

「……お姉ちゃんって、緑精種《エルフ》だよな？　平気なのか、希少種と一緒にいて」

「やーん、弟クン私の心配をしてくれてるのかな！　私に興味あるのかな！」

「まあ、気になりはするな」

「お姉ちゃん嬉《うれ》しい！　でも、ここは敵地だからね。私の話はまた今度二人きりでゆっくり話してあげる」

ミスティの欲望が見え隠れしているが、たしかに、この状況で振る話題じゃなかった。

「とりあえず、私は味方だから安心して欲しいかな」

端《はな》から疑ってなどいないヒグレは、こくりと頷く。

この屋敷から子供たちを取り戻し、王都を脱出する。

それが理想のシナリオだ。地下水路の見張りがいなくなるのが、約一週間後。ヒグレたちが使える時間は限られている。

早速屋敷の敷地内に侵入すると、正面玄関近くで息を潜めた。

突入前に、リリティア、マイヒメの魔力を満タンにしておくべきだろうか。

リリティアとハランの戦い。マイヒメとルイルイの戦い。魔力自然回復量の話が本当なら、二人の魔力量は、まだ万全ではないはずだ。

（いや、俺の魔力総量がわからないんだ。下手に譲渡を多用するべきじゃないよな……）

そう結論付けると、ヒグレは意識を屋敷へ集中させる。

正面玄関前には、二人の門衛が立っていた。

四人は、ミスティから受け取ったローブ型の魔具、隠者の衣を羽織る。隠者の衣の効果は、着用した者の魔力反応を限りなくゼロに近づけるというもので、簡単に言えば魔力感知に引っかからなくなる魔具である。

マイヒメは、門衛の背後に素早く転移。黒刀による一撃で楽々昏倒《こんとう》させる。

先頭をマイヒメ、後尾をミスティとして順に屋敷へ侵入。

荘厳な外観とは裏腹に、屋敷の中は機能性だけを追求したようなシンプルさがあった。

特に装飾品の類はなく、扉の正面は待合室のようになっている。順に部屋を確認していくが、応接間や、事務室など、少なくとも人が捕らわれている様子はない。

一通り調べたのち、二階へ。

二階も同じようにシンプルな造りだった。長い廊下が真っすぐ続き、その右側にいくつもの扉が備え付けられている。廊下には等間隔に魔石灯が備えられており、鈍く光を放っていた。

ここも、順に調べていくしかないだろう。

一番手前側の扉を開き中へ——二十畳はあろう部屋に、いくつもの牢《ろう》が並べられていた。

明かりは数個の魔石灯のみで、薄暗い。

牢は数あれど、人が収容されているのは、一つのみで。

「みんな——っ！」

最奥の牢に、三人の子供たちが閉じ込められていた。

リリティアは真っ先に走り出し、鉄格子にしがみつく。

食料は与えられていたようで、牢の中には空の皿やコップが見える。しかし、顔色は悪く、散々泣いたのか瞼《まぶた》は赤く腫れていた。

「よくがんばりましたね！　すぐに出してあげますから」

リリティアは南京錠《なんきんじよう》を覗《のぞ》き見て、ガチャガチャといじる。

子供たちは、ヒグレたちが駆けつけてくれたことに現実味を感じられないのか、これまでの恐怖が拭えぬ故か放心していた。視線はリリティアに向けられておらず、ヒグレ――いや、もっと、後ろを見ている。

違和感を覚えたヒグレが出入り口の扉を振り返るのと、子供が声を上げるのがほぼ同時であった。

扉の正面。

「リリティアお姉ちゃん――逃げてっ」

魔石灯の光に当てられ、小さな少女のシルエットが映る。

その影が腕を振り上げた刹那――地面をひた走るように氷槍《ひょうそう》が弾《はじ》けた。

◇

激しい衝突音。

と共に、爆《は》ぜるように水蒸気が吐き出された。

視界がホワイトアウト。ヒグレは咄嗟《とっさ》に顔面を腕で覆いながら、一瞬の出来事を思い返す。

扉の前に立つ女の子が、魔法を発動した。

それは、水晶と見間違えるほどに鋭く美しい氷だった。ヒグレたちへ向かって地面を凍《い》てつかせ、氷槍を迫《せ》り上げながら迫る氷の波。リリティアの咄嗟の魔法が防ぐ。

紅蓮《ぐれん》の炎が壁となり、氷撃と衝突――九死に一生を得た。

「あ、あの、大丈夫ですか？　生きてますか？　マイヒメ・ヒイラギって方に死なれると、すごく困るんですけど……ぅ」

蒸気が徐々に晴れ、氷を放った少女の姿が露《あら》わになる。

少女は、肩口まで伸びたブルートパーズの髪を揺らし、水晶の瞳を妖しく光らせる。華奢《きゃしゃ》で強く抱きしめれば折れてしまいそうな体軀《たいく》。頭から生えた竜のような角と、腰に吊《つ》るされた宝剣が非常にアンバランスだった。

それでも、本能でわかる――。

「……っ、ただの女の子じゃない」

ヒグレは、自分の身体が震えていることに遅れて気づいた。

見た目こそ、ただの少女だが、今までに感じたことのない圧倒的なプレッシャーを感じる。びりびりと痺《しび》れるような魔力。海の中にでもいるかのような息苦しさ。

その本能的な恐怖が間違いでないことは、リリティアたちの表情を見れば明白だった。

彼女たちも、また、ヒグレと同じように身体を震わせ、絶望に表情を歪《ゆが》ませていた。

「竜撃の姫――ルルン・リンクノヴァ」

マイヒメが、ぽつりと呟《つぶや》いた。

「五大竜の一角を単身で落としたと言われる、ベリア王国最強の剣が、どうしてここにいるの……？」

いつも飄々《ひょうひょう》としている、あのマイヒメの表情に焦りが滲《にじ》んでいた。

ルイルイと対峙《たいじ》した時は、余裕綽　々《よゆうしゃくしゃく》といった様子だったというのに。ルイルイだって、話を聞く限り、王国内でも相当な実力者であったはずだが、それほどの隔たりがあるというのか。

「五大竜……？」

「魔獣の祖となる、五体の竜です。一体で国一つを堕《お》とせるほどの攻撃力を持っていて……内、倒されたのは、彼女が撃ち滅ぼした氷零竜《ひょうれいりゅう》だけ」

「氷零竜《ひょうれいりゅう》バラフリリス。北の大地を永久凍土に沈めたと言われる、凶悪な竜だよ。人類が何百年も討伐を試みて敵《かな》わなかったのを、たった一人で倒しちゃったの。お姉ちゃんも、話を聞いた時は信じなかったよ……でも、あの角と宝剣を見たら、ね」

額の汗を拭うリリティアに、ミスティは苦い表情を浮かべて補足をした。

「わ、わたしなんて大したことない、ですよ。滅ぼしたつもりはないというか……あ、あの、バラフリリスはわたしの中で生きているんです」

ルルンは、宝剣を撫《な》で「えへえへ」と不格好な笑みを浮かべた。

その姿、態度からは、王国最強など微塵《みじん》も感じさせないが、今も猶《なお》、彼女の身体からはヒグレですら感じとれるほどの、圧倒的な魔力が流れ出ている。

「滅竜剣レーヴァテイン——素材となった氷零竜《ひょうれいりゅう》はまだ生きている。生きて、力を与える代わりに生命力を吸い取っているなんて噂がありましたが、本当だったんですね」

「それは、ち、ちがいます……っ！　生命力を吸い取ってるというか、ちがくて」

困ったように、人差し指をつんつんとするルルン。

それから、何かを思い出したようにパッと顔を上げる。

「あへへ……」

リリティアたちを見て自嘲気味に笑うと、両手を前へ突き出す。何かのスイッチが切り替わったように、冷たい目をしていた。

「だ、ダメだな、わたし。希少種なんかと会話をしたら穢《けが》れちゃうよ。殺さないといけないのに、許しちゃダメな存在なのに……天使様だって、希少種は滅びるべきだって言ってるのに」

ルルンの足元から、可視化するほどの冷気が漏れ出る。

竜の素材が使われているという宝剣は、鞘《さや》に納まって猶、洗練された鋭さと、禍々《まがまが》しさを感じさせる。ルルンの身体の一部であると主張するように、ドクンドクン、と僅かに脈動していた。

「あのっ、マイヒメって子は手を挙げてください。ソレ以外は殺します」

ヒグレの視線が、マイヒメというワードで僅かに動く。

それだけで、ルルンには十分だったのだろう。

氷のような視線をマイヒメに向ける。ニヤリと口角を吊り上げた。

「えへぇへ……じゃあ、白髪の子以外、さよなら、です」

「ヒグレさん下がって――っ」「弟クン伏せ――っ」

リリティアとミスティが同時に叫ぶ。

部屋の温度が一気に低下した気がした。

凍てつく魔力。瞬く間に天井を、床を、壁を凍てつかせ、そこから氷塊が勢いよく捩《ね》じれ伸びる。ヒグレたちへ向けて、追い込むように渦を巻いて殺到――。

「【爆炎渦《エクスプロード》】――ッ」

「【地昇壁《ヴァンテーレ》】――ッ」

リリティアとミスティが魔法を発動した。

下がった体温を引き戻すように、激しく荒れ狂う爆炎に。

地面を震撼《しんかん》させ、ヒグレたちを守護するようにせり上がる土壁。

空《くう》を割いて迫りくる氷塊と唸《うな》りを上げる爆炎の衝突。

再び、爆音と共に水蒸気が吐き出される。

が、今度はルルンの氷を完全に消し去ることはできなかった。激しい爆風と、殺しきれなかった氷塊の連撃。迫るそれらを阻んだのは――ミスティの土壁だった。鈍い打撃音を受け、土壁は破砕、しかし、盾としての役目を果たし、ヒグレたちを守りきった。

砕けた土壁。散る礫《つぶて》に土塊《つちくれ》。

その先に――絹のような白髪が舞う。

「【跳躍《タラリア》】――討った」

ルルンの背後には、転移をしたマイヒメがいた。

腰を低く落とし、黒刀の鯉口《こいぐち》を切る。紅の瞳が見開かれ、放たれる黒刀による水際立った一閃《いっせん》――は瞬く間に形成された氷壁に阻まれた。

「く――っ!?」

それからは、ヒグレの理解が追い付かない程の激闘が繰り広げられた。

ルルンは氷の魔法を使って、広範囲攻撃と防御を同時にしてのける。リリティアは、派手な火属性の攻撃魔法で応戦し、ミスティは器用な魔法捌《さば》きでサポートに回る。その間隙《かんげき》を縫って、転移魔法と抜刀術の合わせ技でルルンを狙うマイヒメ。

いつ決着がついてもおかしくない、激しい魔法の応酬。

牢はひしゃげ、天井は崩れ、壁は崩壊。隣の部屋まで吹き抜けになる。弾け跳んできた瓦礫《がれき》がヒグレのローブを攫《さら》った。爆風に煽《あお》られ、打ち付ける礫に鋭い痛みが走る。

ヒグレが無事なのは、ひとえにミスティが魔法を駆使して守護してくれているからだ。

そうでもなければ、余波だけでひとたまりもなかっただろう。

「弟クン平気!?　怪我《けが》してない？　怖くない？」

「俺は平気だ……それより、リリティアたちの援護を頼む」

三対一。

手数《てかず》も使用する魔法の種類も圧倒的に、リリティアたちが有利なはずなのに、全く勝てるビジョンが見えなかった。

特にリリティアとマイヒメの消耗が激しい。

額には脂汗が浮かび、肩で息をしている。最初は転移魔法を連発していたマイヒメも、今はほぼ黒刀のみでの応戦になっている。

希少種の瑕疵《かし》――魔力自然回復量の低さが、ここでも仇《あだ》となる。

ヒグレの最大魔力量がわからなかったため、魔力譲渡を躊躇《ちゅうちょ》してしまった。愚策だった。

乗り込む前に、二人の魔力を最大まで回復させておくべきだったのだ。

霊崩災害《れいほうさいがい》のせいで、希少種の空になった魔力が完全回復するまで、リリティアで約十日かかると聞いた。だから、連戦は向かず、数も多い四大種族に勝てなかったのだと。

だが、逆に言えば、万全の状態の一戦に限れば、希少種の方が強いはずなのだ。

ましてや、一対一であれば、負けようはずもない。

もし、リリティアたちの魔力が完全に満たされていれば――いや、本当にそうだろうか。

「なんで、ルルンは息切れ一つしてねえんだ!?　どう見ても、人類種《ヒューマン》が連発できる規模の魔法じゃないだろ、それ」

リリティアたち三人を相手に大立ち回りを演じるルルン。

先程から、大規模な氷の魔法を惜しみなく使い、攻撃と防御を同時にこなしている。だというのに、疲弊した様子が全くない。消費した魔力量でいえば、四人の中で断トツのトップ。並みの人類種《ヒューマン》なら、十回は魔力切れを起こしている量だ。

「あの子を普通の人類種《ヒューマン》だと思ったらダメです。ルルン・リンクノヴァが最強と言われる所以《ゆえん》の一つ――貯蓄可能な圧倒的な量の魔力。ほんっとヤバヤバですよ、あれ」

リリティアは、滅竜剣レーヴァテインを指して言った。

あの宝剣は、魔力タンクとしての役割も果たしていたのか。話を聞くだけでも、竜がヒトなどとは比べようもない魔力を持っていただろうことはわかる。その竜を素材とした、あの剣に秘められた魔力も、人知を超えたものと思って間違いないのだろう。

「にしても、その剣抜かねえんだな。本来の剣としての機能はないのか？」

「ひ、必要なら抜きますよ……？」

ルルンは、きょとんとした様子で首を傾《かし》げた。

「でもでも、加減が難しいので……死体でも残らないと、処理とか……ハランさんに怒られるので……ぅ」

暗にお前たちにレーヴァテインを抜く価値はないと言われている。それほどの脅威ではないと侮られている。侮る？　警戒する必要すらないのが現実か。

ルルンは傷一つ付いていないどころか、呼吸を乱されてもいないのだ。

「完全に舐《な》められてますねぇ、この体《てい》たらくじゃ何も言い返せないですけど……」

リリティアは歯がゆそうに、口元を拭う。

「あ、ヒグレさん、ヒグレさん。ちょーっと血を飲ませてくれません？」

「それで、この状況が打開できるなら……仕方ないな」

「いえ、最後の晩餐《ばんさん》ってヤツです」

「諦めるな!?　いや、ただのお荷物に言われても腹立たしいかもだけど……マジで諦めるなよ!?」

八重歯を見せて舌なめずりをするリリティアに、場の緊張感も忘れてツッコミを入れた。

リリティアは懲りた様子もなく、「ふっへっへ」とだらしない表情を浮かべている。絶対碌《ろく》なことを考えていない。具体的に言えば、脳みそ真っピンク。

「……最後なら、もっと過激なお願いもいけますかね？」

「だから、最後ってやめろ!?」

全く冗談に聞こえない状況だ。

案外余裕だなコイツ……などと一瞬考えたが、彼女の荒い呼吸で疲弊した姿を見れば、そう楽観視もできなかった。少しでも平静を保つための、彼女なりの気遣いなのかもしれない。

「ヒメちゃん。お姉ちゃんたちの目的は、王国最強を倒すことじゃない。子供たちを助け出せれば、それでいいの。ヒメちゃんの魔法で、できるかな？」

ミスティとマイヒメが、身体《からだ》を寄せてひそひそと話を始める。

「子供たち全員を跳ばすほどの魔力は残ってない……一度補充しなきゃ、むり」

「わかった。じゃあ、お姉ちゃんとリリちゃんで、ルルンを引きつけるから、譲渡を済ませて、先に子供たちを逃がしてほしいかな」

マイヒメはこくりと頷《うなず》くと、ヒグレを見る。

ヒグレも、それに応えるように静かに頷いた。

そうだ。この篦棒《べらぼう》な戦闘力を持つルルンを、正面から打ち倒す必要などないのだ。ルルンに真っ向勝負で敵わないことは、問題ではない。そして、ヒグレにできることなど、元より一つ——魔力を受け渡すことだけだ。

ミスティが、ルルンを引き付けようと前に出る。

すると。

「あ、あのー、ちょっといいですか？」

ルルンがおずおずと手を挙げた。

「す、すみません！　空気読めてなかったですよねっ。でもでも、ちょっと気になったことがあって……たった三人の希少種をここまでして、助ける意味あるのかなって……」

「どういうこと？」

「だ、だって……奴隷になった希少種なら、他にもたくさんいます。その内の三人を助けるのに、リスクを冒す必要なくないですか……ほ、ほら、マイヒメ・ヒイラギさんって、希少種の王族の生き残りで、すっごく貴重な存在って聞いたので……今回も、一応待ち伏せはしてましたけど、来るわけないって思ってましたし……優しいんですね。えへえへ」

要領を得ない説明だったが、言わんとすることは理解できた。

マイヒメたちの目的は、希少種の復興だ。そのための旗印《アイコン》として、マイヒメは重要な役割を担っている。大局を見れば、三人の子供など目先の利益にも程があるというものだ。

だが——。

「わたしの国は滅んだわ。父も母もなくした。同族だって、ほとんど逝ってしまった。それでも——わたしはお姫様、だから」

マイヒメは迷う余地などないと口を開く。

「わたしたちの傲慢で、この子たちの手を引いたの。それを、リスクがあるからだなんてふざけた理由で見捨てることなんてできない。誰かを助けるって、それだけ責任が伴うことだとわたしは思う」

その小さな背中からは、王族としての気品と一種の荘厳さが感じられた。

お姫様を自称するだけの志と、旗印《アイコン》としての覚悟。

小さな身体に秘められた、たしかな強さ。

ヒグレには、貴族や王族など馴染《なじ》みのないものだったが、疑いようはない――彼女こそが、マイヒメ・ヒイラギこそが、お姫様だ。

「一度手を差しのべた子供たちにすら責任を持てないのなら、一国の主になんてなれるはずがない――わたしは、希少種の国を作りたいの」

マイヒメの力強い宣言に、びりびりと魂が震える。

それは、少なくともヒグレの前では、初めて漏らした夢だった。

希少種の復興。どれだけ具体的なビジョンがあるのか、それは夢物語なのか、いずれ摑《つか》むことのできる理想なのか――少なくとも、マイヒメは本気だ。

「わたしたちは、王国最強が相手だろうと屈したりしないわ」

腰を低く、黒刀に手を掛ける。

「リリ――ッ！」

背後に控えた仲間の名を叫んだ。

「ぷはぁ――っ、すみません、先にいただきましたよぅ！」

リリティアはヒグレから口を離すと、景気よく舌なめずりをする。

身体を巡る熱、柔らかな唇の感触、リリティアを満たす快楽を以《もっ》て、譲渡を完了。

会話の間に、吸血鬼《ヴァンパイア》、リリティア・スカーレットの器の約半分が満ちた。

リリティアの足元から、ぶわりと熱気が立ち昇る。

手のひらを掲げ、高らかに――。

「伏せててくださいねっ。爛《ただ》れ焦がせ――【炎ノ煉獄《インフェルノ》】」

それは、ヒグレがこの世界に来て初めて見た魔法だった。

大きく息を吸い込めば肺が爛れてしまいそうな程の、煉獄。

網膜を焦げつかさんと照る、熱の塊――まさに太陽。

鉄格子を熱で歪《ゆが》ませ、天井を突き破って轟轟《ごうごう》と燃ゆる紅蓮《ぐれん》。

「あぅ、あわ、うぅう……し、仕方ないですね」

迎え撃つは、ベリア王国最強の剣。

吐き出される冷気と床を震撼《しんかん》させるほどの魔力。

「熱よ、奪え――【絶する氷魔《コキュートス》】」

ルルンは舞うように両手を天に掲げ、唱える。

吹雪《ふぶ》く。凍《い》てつく。瞬く間に。


――世界が凍った。

理解が追い付かない。

だが、そうとしか表現のしようがなかった。

ルルンを含めた、ここに居るヒト以外の全てが凍ったのだ。

床も、壁も、牢《ろう》も、天井も、リリティアが繰り出した太陽すらも、目につくモノ全てが凍り付いていた。視界の全ての動きが停止していた。この一帯に存在する、何もかもが持つ生命の息吹ともいえよう運動が聞こえなかった。

水晶のようなほの青い氷。

残酷なまでに冷たく、鋭く、しかし、美しい。

「な、は……？」

それは誰の口から漏れた声か。

関係ない。ルルン以外の誰もが、同じ気持ちであった。

綺麗《きれい》に、この場に存在するヒトだけは、凍り付いていなかった。

いつでも同じように氷漬けにできるぞ、という宣告でもあった。

マイヒメの強い意志を持った抵抗も、リリティアの渾身《こんしん》の魔法も歯牙にも掛けず、ルルンは全てを飲み込んでみせる。十把一絡《じっぱひとから》げの最強とはわけが違った。

竜撃の姫。

唯一、竜を撃ったという、ベリア王国最強の剣――底が見えない。

「す、すみません……わたしの身体、バラフリリスの血が混じってて、耳もよくて……さっきの会話、全部聞こえてたんです……ぅ。こ、子供たちは、逃がしちゃダメです」

当のルルンは、この結果が、さも当然のことであるかのように、つらつらと語り出す。

「そのっ、希少種が普通に生きてるの、気持ち悪くないですか……？　竜がダメなら、希少種もダメだと思うんです。ふ、不幸面やめてください」

ルルン以外の全員が、震えていた。

寒さか。恐怖か。その両方か。

「……っ、バケモノ」

一瞬にして、景色が変わった。空気が変わった。

流れや、想《おも》いなどという曖昧な全てを凍り付かせて、最強はにへらと笑う。

一目見てわかる、絶望的な状況だ。ヒグレたちの未来も、夢も、命も、全てルルンが握っている。彼女の気分一つで、何もかもが終わる。

少なくとも、暴力や知恵で彼女を出し抜くことはできそうもない。

たった今、それを突き付けられたのだ。

「わたし、本気ですよ。希少種が生きてるの、許せないんです。この前も天翼種《アーンギル》の村を滅ぼしました。たくさん氷漬けにしました。みんな、子供だけは殺さないでって懇願するん

です。まるで、ヒトみたいで反吐《へど》が出ますよね」

ルルンは冷たい瞳を揺らしながら、友人と喋《しゃべ》るような気安さで言った。

「で、でも……わたし、子供は殺しませんでしたよ。ハランさんからの言いつけがあってですね、子供は奴隷にするんですよ。天翼種《アーンギル》の大人たちも残酷ですね。奴隷になるくらいなら、死んだ方が楽だと思うんですけど……でも、殺さないでって言われたから仕方ないですね。えへへ」

何がおかしいのか、ルルンは困ったように笑う。

怒りと恐怖。リリティアが奥歯を軋《きし》ませる音が聞こえてきた。

そのまま力任せにぶん殴ってやりたい。だが、それが通じる相手じゃないのは、この戦いでよくわかった。ルルンも質《たち》が悪い。圧倒的な力の差を見せつけてから、煽《あお》るように話をするのだから。

「もういい。よくわかったわ」

そんな中、真っ先に動いたのはマイヒメだった。

「――わたしを連れていって」

凍った床を踏みしめて、一歩前へ。

黒刀を落とし、降参だと両手を上げる。

声に力はなく、尻尾はだらんと垂れ下がっていた。

「ちょっと、マイヒメちゃん……？　何を言ってるんですか？」

「ここにくる前から、考えていたことよ」

「私、そんなの聞いてないです！」

「そもそもの狙いはわたしだった。子供たちがさらわれたのも、わたしが原因。だから、わたしを連れていって？　代わりに、みんなには手を出さないでほしい」

マイヒメは、用意していた台本を読み上げるように淡々と言った。

ルルンは、一瞬の逡巡《しゅんじゅん》。そして、小さく頷《うなず》くと。

「うーん……いいですよ。それなら、ハランさんにも怒られないと思います……ぅ」

マイヒメの提案を受け入れた。

ルルンが手を叩《たた》くと、氷漬けになった牢がバリンと音を立てて崩れ去る。身を寄せて震えていた子供たちが、解放された。しかし、この状況を見て手放しで喜ぶことはできないようで、顔色を窺《うかが》うようにリリティアとマイヒメを交互に見ていた。

「マイヒメちゃんはいかせられません！　それなら、私がッ！」

「あなたはダメです。価値、ないです」

リリティアは弾《はじ》かれたように声を上げるが、バッサリと一蹴。

「く……っ、う」

悔しそうに唇を噛《か》むリリティア。

そんな彼女を振り返り、マイヒメは優しく笑った。

「それ以外方法ない、でしょ？　それとも、子供たちを犠牲にするの？」

「そ、れは……っ」

「大丈夫。わたしを信じて」

成り行きを見守っていたミスティは、寂しそうな顔をしていた。マイヒメの決断を否定はしなかった。或《あ》いは、それが無駄だとわかっていたのか。

「ヒメちゃん、本当にそれでいいの？」

「ん」

ミスティの問いにも、マイヒメは迷いなく首肯《しゅこう》する。

行動に一切の迷いが感じられない。本当に、ここへ来る前から、この展開を覚悟していたのだろう。マイヒメはルルンへ向き直り、ゆっくりと口を開く。

「子供たちは、わたしの魔法で送るわ。かまわない？」

「いいです、けど……もし、あなたが逃げたら」

「わかってる。お姫様は、そんなことしないよ」

それからマイヒメは、ヒグレの正面に立ち、ふと微笑《ほほえ》む。

紅の瞳を受けて、戸惑う。彼女の表情が示すのは諦念か、期待か。三日ほどの浅い付き合いでは、彼女の心中を察するのは難しく、ヒグレは情けなく口を開けるのみで、言葉が続かなかった。

「リリを助けてあげてね。ヒグレ君は、才能あると思うわ」

両手でヒグレの頬を包み込む。

「おい、マイヒメ――」

ヒグレの言葉を遮るように、優しく口づけをした。

「――ん、む」

柔らかな唇の感触。全身を巡る熱が、ヒグレとマイヒメを繋《つな》ぐ。

どくん、どくん、と魔力を送り出すように心臓が脈動し、びりびりと痺《しび》れるような快感が体の内を走る。そして、徐々にマイヒメの器を、己の熱が満たしていくのを感じた。

十分魔力が受け渡ったところで、マイヒメはゆっくりと唇を離す。

マイヒメの体は汗ばんでおり、酷《ひど》く疲弊したように息を荒らげていた。まるで自分の生命エネルギーを抜き取られでもしたかのようだ。

しかし、ヒグレを心配させまいとしてか、平気な顔してみせる。

「ごめんね、やっぱり、わたしには、これしか思いつかなかったわ。ヒグレ君、――――」

そして、最後にヒグレへ耳打ちをした。

ヒグレは、その内容に驚き、目を見開く。

再び目に入ったマイヒメの切なげな表情は、全く別の意味を持って感じられた。

マイヒメはすぐにヒグレから視線を切ると、子供たちの前へ。

視線を合わせて、彼らと手を繋いだ。魔力が起こり、マイヒメの白髪がぶわりと逆立つ。

「マイヒメお姉ちゃん……」

「だいじょうぶ。あなたたちは、わたしが守るわ」

多くは語らなかった。安心させるように子供たちを抱きしめると、白の魔法陣が展開される。氷漬けの部屋の中で、マイヒメの魔法が淡く発光し――気づけば、子供たちの姿はそこにはなかった。

子供たちを無事転送し終えると、マイヒメは投降するようにルルンの隣へ行く。

「マイヒメちゃん……？　本気ですか？」

ヒグレも、ミスティも何も言えないでいる。

そんな中、リリティアは嫌々と首を振ってマイヒメを追った。その足取りは、千鳥足とでもいうような頼りないもので、震えた声からも悲痛のほどが伝わってくる。

「ちょ、ちょっと待って！　待ってくださいよ、マイヒメちゃん！」

そして何も言わないマイヒメに痺れを切らしたリリティアが走り出した、その刹那――

甲高い耳鳴り音。ルルンが腕を振るうと同時に、氷壁が現れる。

それはマイヒメとリリティアを遮るように、一分の隙間なく展開された。

氷は厚く、冷たく、その先を見通すことはできない。

うっすらと見える二人分の影だけが、辛うじてマイヒメの存在を感じさせてくれる。

「マイヒメちゃん……っ！　私、マイヒメちゃんがいないと、ムリですよ？　ねえ、こんなの違う、いかないでよ……」

やけになったリリティアが、炎の魔法を発動する。どこか頼りない、不安定な炎は、氷壁にぶつかって霧散。もう一度打つも、結果は同じ。ヒビが入ることも、溶けることもなく、壁はあり続ける。

それを何度か続けると——ついに、二人分の影すらも見えなくなり。

「なんでですか。なんで、こんな……うあああああああ——っ」

氷漬けの屋敷には、リリティアの絶叫が響くのだった。

第四章
囚われの姫と白き英雄

色とりどりの花が一面に広がっていた。

柔らかな光を散りばめる陽光と、花々の甘い香りを運ぶ微風。

何をするわけでもなく、白髪をたなびかせて、少女は花畑の中心に座っていた。首を傾《かし》げる花々に合わせて、尻尾を揺らす。まるで、花の一員かのように静かに佇《たたず》んでいた。

「たしかに……これは、納得のお姫様感っ！」

そこへ、ピンク色の髪を揺らした齢《よわい》六、七の少女がやってくる。

彼女は興味深そうに少女を見回した後、嬉《うれ》しそうに少女の隣へ座った。

キラリと光る八重歯に、深紅の瞳。白髪の少女と同じ――希少種だ。

白髪の少女は、少ない荷物を持って生き残った同族と共に各地を転々とする生活を送っていた。故郷はなくなり、一定の場所に留《とど》まるのはリスクもあったし、何より適する場所も見つかっていない。

同じような生活をする希少種は多く、その過程で情報交換を兼ねて他の種族と一定期間行動を共にすることはよくあった。このピンク髪の少女も、そうして出会った他種族――吸血鬼《ヴァンパイア》のコミュニティの一人だった。

「いいですねぇ。憧れますね、お姫様！」

「お姫様と言っても名ばかり、だよ。わたしの故郷は焼かれてしまったもの。それに、わたしたちの一族もほとんど死んでしまって……お姫様もなにもないと思う」

「でも、お姫様はお姫様ですよね？」

「そんな肩書、たった一人で名乗っても、むなしいだけ、だよ」

霊崩災害《れいほうさいがい》があったのが、少女が産まれる十三年前。

その三十年間で、勢いを増した四大種族によって、希少種は蹂躙《じゅうりん》された。その煽《あお》りを受けて故郷は焼かれ、物心つく頃には両親は亡くなっていた。ほんの僅かな記憶だけ残して……もう、両親の顔すらよく覚えてはいない。

それからは、母の従者だった女性に育てられ、大陸を転々としている。故郷の記憶すらあやふやで、同族だって数えるほどだ。

「なるほど、なるほど。民あっての～なんて、言ったりもしますもんね。じゃあ、とりあえずで、私なんかどうでしょう！　可愛《かわい》い私が、お姫様の右腕になってあげますよぅ！」

吸血鬼《ヴァンパイア》の少女は、ニコニコの笑顔で言った。

「あなたは吸血鬼《ヴァンパイア》、だよね」

「はぁい！」

「わたしをお姫様と呼ぶのは、変だわ」

「そうですか？　同じ希少種じゃないですかぁ！」

「希少種って……種族名じゃないよ」

「まあまあまあ、細かいことはいいじゃないですか。私たち、数も少ないですし、みんな同族くらいがわかりやすくていいです」

言いながら、吸血鬼《ヴァンパイア》の少女は足元の花を摘む。真剣に吟味して花を採り、器用に結び、絡ませ何かを作っているようだった。

「みんな……同族」

そんな吸血鬼《ヴァンパイア》の少女の手元をぼうっと見つめながら、白髪の少女は呟《つぶや》く。

「希少種は、数が少ないから四大種族に勝てなかったって聞きましたよ？　なら、増やせばいいんです！　生き残った全員を集めたら、それなりの数になると思いません？」

吸血鬼《ヴァンパイア》の少女は、やっと完成したソレを嬉しそうに掲げる。

色とりどりの花を使って作られた、冠だった。

「そしたら、あなたも寂しくないでしょう？」

「わたし、さみしそうにみえた？」

「はぁい。とっても」

吸血鬼《ヴァンパイア》の少女は、ニッコリと笑う。

膝立ちをすると、白髪の少女の頭に花の冠を載せた。

「あなたは向いてると思いますよぉ、お姫様」

王族だなんて言われてても、虚《むな》しいだけだった。民も、土地もなく、ただ肩書だけを呼ばれるのは揶揄《やゆ》されているようにも、皮肉にも聞こえて、本当は好きじゃなかった。

でも、彼女が言うお姫様は、もっとキラキラとしていて、なんだかとても価値のあるようなものに思えたのだ。ほんの少しでも、この身体《からだ》に流れる血に誇らしさを感じた。初めて、お姫様と呼ばれて嬉しいと思えた。

「そうね。もし、あなたの言う通り、たくさんの人に囲まれて、望まれるというのなら——わたしはきっとお姫様になれるわ」

柔らかな風。揺れる花々を見渡しながら、空を仰ぎ見る。

少女は、儚《はかな》い夢の蕾《つぼみ》を抱きながら、花の冠を撫《な》で微笑んだ——。

◇

ぽつり。ぽつり。

近くで弾《はじ》ける水音に不快感を覚え、目が覚める。

懐かしい夢を見ていた。

あれは、初めてリリティアに出会った時の夢。

夢を抱くきっかけとなった瞬間の夢。

「――い、ぅ」

じめっとした空気に、硬い地面。

身体を起こそうとして、ガシャリと金属音が鳴る。手が自由に使えず、戸惑う。手首の圧迫感。後ろ手に枷《かせ》をはめられている。顔を上げれば、錆《さ》びた鉄格子が目に入った。

その向こうには、二人の魔道騎士がいた。

一人は、マイヒメを捕らえ、この牢《ろう》まで連れて来た王国最強の少女――ルルン・リンクノヴァ。ルルンは、半ベソをかいて、身体を縮こまらせていた。

「――それで、どうして気づかないんですの!?　魔力譲渡が行える人類種《ヒューマン》の話はしましたわよね？　目の前で魔力回復が行われていたんですわよね!?」

「ひ、ひぇぇん……すみませぇん」

ルルンを叱りつけているのは、同じ制服を着た緑精種《エルフ》の女性だった。ふわりと揺れるツインテールに、切れ長の瞳。

マイヒメは、彼女の姿に見覚えがあった。王国魔道特別部隊の隊長――ハラン・シュトーレン。ルルンの所属もナインナンバー。つまり、ハランは彼女の上司に当たる魔道士だ。

「あのですね、わたし自身、レーヴァテインのおかげで魔力切れとかあまりないので……

特に気にならなかったというか……ぅ」

人差し指をつんつんして、ハランから視線を逸《そ》らす。

「そもそもっ、わたしが言われた任務は、マイヒメ・ヒイラギの確保ですっ！　それは、ちゃんとこなしました！」

「それはそうですわね……そうなのですけどっ！」

ハランは、もどかしいと言わんばかりに唸《うな》りを上げていた。ルルンに落ち度はないが、なんでこうも融通が利かないのだ、とでも言いたげな様子である。

「留置所を半壊にした上、氷漬けにしましたわよね？」

「……ひんっ」

ビクリと身体を震わせ、更に縮こまるルルン。さながら小動物のようであった。

「その辺にしてあげたら？　ヒイラギ家のお姫様連れてきただけ上等でしょ。ウチなんて、まんまとやられちゃったワケだし」

そんな中、魔石灯のぼやっとした光に照らされて、一人の少女が姿を現す。

猫耳と細長い尻尾。クリーム色の髪に、気だるげな瞳。先日、ヒグレと行動している時に戦闘になった少女――――ルイルイ・イレン。

「うわああんルイルイさん、戦うことしかできない無能でごめんなさいいい」

ルイルイが、「よーしよーし」とルルンの頭を撫でる。ルルンは、逆らわずルイルイに抱き着いて、甘えるように頬擦りをした。

ルイルイは、ルルンのほっぺを、ふにょーんと伸ばしてひとしきり遊ぶと、マイヒメへ視線を向ける。旧友にでも呼びかけるように、ひらひらと手を振った。

「おひさ。お姫様」

「あら、目を覚ましてましたの」

ルイルイの視線を追って、ハランも牢の中のマイヒメへ注意を向けた。

「ふふ、残念でしたわね。希少種の復興なんぞを掲げていたようですが、所詮は夢物語」

ハランは、身動きが取れず地べたに座り込むマイヒメを見下ろし、くつくつと笑う。

優越感に浸るように、水捌《みずは》けが悪く不衛生な床、薄汚れた和装、がっちりと両腕を固定する枷を順に見やった。

「たった数人の子供にこだわり、判断を見誤った愚かなお姫様。ねえ、もしかして貴方《あなた》、お命は皆平等だとか思っているのではありませんか？」

マイヒメを見下ろしたハランは、煽るように鉄格子に足を掛ける。

しかし、マイヒメは動じることなく、熱を灯《とも》した瞳を以《もっ》てハランを見上げた。

「思ってる」

「だとしたら、とんだ勘違いですわ。現に、妖狐種《ルナール》最後の王族である、貴方の代わりはいない。でも、子供たちの一人や二人、替えが利くではありませんの。貴族と平民。国に納める税をとっても、血筋を考えても到底価値は等しくない。どちらが、世界にとって有益か、子供でも理解していますわ」

「そうね。もしかしたら、そうかもしれない」

目を伏せるマイヒメに、ハランは勝ち誇ったように口角を上げる。

「貴方たちが、そう思うのは仕方ない」

だが、マイヒメの言葉は、そこで終わらなかった。

「でも、わたしはお姫様だから。誰しもが平等であると言い続けねばならない。そう、信じてる。そういう在り方を選んだの。そういう世界を望んでいるの」

「あっははははッ、笑わせますわね。貴方の国は滅び、妖狐種《ルナール》だってほとんど残ってはいません。それで、お姫様だなんて滑稽で仕方ありませんわ」

「それな。裸の王様ってヤツ？　さすがに現実見た方がいいよ」

哄笑《こうしょう》するハラン。ルイルイも続いて、くすりと笑った。

「どれだけ高尚なことを宣《のたま》おうが結果が全て！　このありさまを御覧なさい！　貴方は囚《とら》われ、希少種は数を減らすばかり。比べて、四大種族は順調に発展を続け、平和は保たれている！」

今や、希少種の脅威など魔獣以下。四大種族が席巻《せっけん》する、現体制を脅《おびや》かすほどの力はないと高を括《くく》られている。実際、今まで個としての力を振るってきた希少種は統率が取れず、組織的に動く四大種族に狩られるばかり。

希少種を敵と定め、手を結ぶ四大種族。

希少種を奴隷とし、豊かな暮らしをする四大種族。

果たして、平和とはなんだろうか——。

「その平和の中に、どうしてわたしたちはいないの？」

「世界を乱す腫瘍が何を言っていますの？　希少種は、許されざる悪逆。故に、霊崩災害《れいほうさいがい》という名の天罰が下ったのです」

ハランは何をおかしなことを言っているのだ、と嘲る。

「理想を語れるのは、それを現実にし得る力を持った強者だけ。貴方のソレは、戯言《たわごと》というんですのよ」

血統の転移魔法。王族としての所作まで、研鑽《けんさん》を重ねて来た自負がある。

リリティアや、その他の仲間たちと協力して各地に散らばる希少種に声をかけ、力を蓄えようと藻掻《もが》いてきた。何より、皆の希望として、後ろ向きな姿は絶対に見せなかった。

何があっても動じないように……そう思っていたら、上手《うま》く表情を作れなくなってしまったけれど、怯《おび》えや不安が周りに伝播《でんぱ》してしまうより、ずっといい。

それでも、ハランの言う通り、マイヒメは弱い。

本当は希少種の中でも大した影響力はない。

ルルンのような、圧倒的な戦闘力を誇るわけでもなければ、大したカリスマ性もない。

理想だけ高い小娘だと揶揄されたことなど、数えきれないほどだ。

それでも、その程度で、不貞腐《ふてくさ》れていられるわけがない。

理想さえ吠《ほ》えられなくなってしまえば、本当にただの小娘になってしまう。

「誰に戯言と馬鹿にされてもいい。わたしをお姫様と呼んでくれる人がいる限り、わたしはそうあり続けるわ」

手足の自由を奪われて、牢へ押し込まれ、己の在り方を曝《さら》され、否定される。それでも、マイヒメの瞳に影は差さず、発する言葉に淀《よど》みはない。迷いは見せない。

背筋をピンと立て、鋭い視線を以てハランを射抜いた。

「……ッ、魔獣崩れが腹立たしい」

ハランは右手を掲げ風の魔法を発動。

両手を固定されたマイヒメが避《よ》けられるはずもなく、直撃。

「あぐぅ――っ」

身体の小さなマイヒメは軽々と吹き飛ばされ、牢の壁に激突。力なく床に倒れ込んだ。

和装は無残に切り刻まれ、端整な作りの顔が不衛生な泥水に叩《たた》きつけられる。

マイヒメはじんじんと痛む腹部に表情を歪《ゆが》めながら、身体を起こす。

「粋がっていられるのも今のうちですわ。貴方は四大種族への叛逆《はんぎゃく》を掲げた大罪人として、公開火炙《ひあぶ》りにでもして差し上げましょう。泣き叫んで許しを請う姿が、今から楽しみですわ」

「そ、んなこと……しないわ」

「あらあら、声が震えていますわよ」

「……っ」

指摘され、初めて気づいた。

本当に自覚はなかった。

お姫様としての覚悟も嘘偽《うそいつわ》りないものだし、悲観的になっているつもりもなかった。いや、そう言い聞かせていたのか。僅かな綻び。心の揺らぎを感じた。

一度、疑問を持ってしまえば、今まで直視しなかった様々な感情が徐々に漏れ出る。

己の不甲斐《ふがい》なさと、未来への不安と――恐怖。

マイヒメは、顔を見られないように咄嗟《とっさ》に俯《うつむ》いた。

しかし、そんな僅かな抵抗も、ハランを増長させる材料にしかならなかった。マイヒメが、やっと弱みを見せたのが心底愉快だと言わんばかりに、笑い声を漏らす。

「ふふふ、処刑当日には、王都中の人々が貴方の死にざまを見に集まることでしょう。そこで実感することになりますわよ――貴方が、どれだけの人に死を望まれているか」

ハランは、気分良さそうに哄笑すると、背を向ける。

ルイルイとルルンも、憐《あわ》れむような視線を残して、ハランの後を追った。

「ふふ、貴方も王族なんて立場じゃなければ、こんな苦労しないですんだでしょうに」

錆びた金属音が鳴り、扉が閉まる。

同時に魔石灯が萎《しぼ》むように光をなくしていった。

ぽつり。ぽつり。

水音だけが鮮明に聞こえる。海の底のような重苦しさ。急激にあたりの熱が奪われたような気がする。壁に背中を預けたマイヒメの身体《からだ》は震えていた。

「大丈夫、よ……」

マイヒメは、別に自己犠牲でルルンに捕まったわけじゃない。仲間を信頼している。勝算だってある。リリティアは強力な吸血鬼《ヴァンパイア》だし、ミスティの手段の多さと、情報は役に立つ。ヒグレの魔力譲渡もある。

ヒグレが本物なら——ただ魔力量が多いだけの人類種《ヒューマン》じゃないはずだ。

きっと、助けにきてくれる。

「……わたし、お姫様だもの」

強く、弱さは見せず、理想から目を背けない、みんなの希望。

それでも、暗闇がマイヒメを追い立てる。

静寂に蝕《むしば》まれ、汚臭に心が沈む。

気づけば、ぽろり、ぽろり、と大粒の涙が零《こぼ》れていた。

誰も見ていないこの場では、誰もマイヒメにお姫様を期待しない。

止めてくれる者もいないこの場では、涙も溢《あふ》れる以外の選択肢を持てないらしい。

「……誰か、助けて」

そんなマイヒメの悲痛の一言は、誰に聞かれることもなく消えていった。

◇

鉛を敷き詰めたような、どんよりとした曇り空。

今にも雨が降り出しそうで、思い出したようにぱらぱらと雨水が散り落ち、気づけば止《や》んでいて、そんな不安定な天気が、ここ二日間ほど続いていた。

王都は喧騒《けんそう》に包まれていた。騒がしくメインストリートを行き来する老若男女。

歯切れの悪い雨雲の代わりとでも言うようにビラがばら撒《ま》かれる。フードを深く被《かぶ》ったヒグレは、足元に落ちたビラを億劫《おっくう》そうに拾った。ヒグレには、この世界の文字が読めない。読めなくても、何が書いてあるかはわかった。

耳をそばだてれば――皆が、そのことを話しているからだ。

「いよいよ、明日だな。妖狐種《ルナール》のお姫様が処刑されるってさ！」

「ははっ、そうなりゃ、俺らも本格的に安泰だな。元々大した脅威でもなかったけど、死ぬに越したことはねえ。最後に、お姫様とやらの面拝んでやるか」

「やっぱ、希少種といえどお姫様ともなれば、俺らよりいい暮らししてたのかねえ。そう考えると、クソ腹立たしいわ」

マイヒメがルルンに捕まってから、三日が経《た》った。

子供たちは、マイヒメの転移魔法により、無事新しいセーフティーハウスに送られていて、ヒグレ、リリティア、ミスティも無事帰還することができた。マイヒメの「みんなには手を出さないでほしい」という要求は、聞き届けられた形となる。

「弟クン、そろそろ戻ろっか。大丈夫？　疲れてない？」

ヒグレとミスティは、情報収集のために王都へ出ていた。

といっても、わかったのは明日、マイヒメが中央広場にて公開処刑されるということと、その警備にルルンが出張ってくるということだけ。先日の襲撃があってか、マイヒメの収容は慎重を期して行われたようで、ミスティを以《もっ》てしても、その場所を特定することは敵《かな》わないでいた。

「なあ、ミステ……お姉ちゃん。希少種ってだけで、何でこんな嫌われてるんだ？」

ぷくぅと不満そうにするミスティを見て、ヒグレは慌てて呼び直す。

この世界では、当たり前のように希少種が虐げられている。それが、ヒグレにはあまりピンと来ていなかった。

マイヒメたちが、恐れられるような存在にも思えなければ、あくどいヤツらだとも思えない。むしろ、騒がしくアホなヤツらだなあ、くらいに思っている。

「今はね、四聖教って宗教が主流なのね。すごーく簡単に言えば、この世界には四体の天使様がいて、いついかなる時も私たちを見守っています、みたいな。この国の全員が全員、熱心な教徒ってわけじゃないけど、その教えが浸透してるんだろうね」

たしか、リリティアも同じようなことを言っていた。ひとつ前の拠点だった廃教会は、その四聖教の台頭で廃れていったのだと。

「曰《いわ》く、希少種に魔力が多いのは、竜や魔獣をルーツとしているからであり、世界に災厄をもたらす悪《あ》しき存在である。霊崩災害《れいほうさいがい》が、その証拠であり、天使様からの天罰が下ったのだーー！　だってさ。もちろん、そんな事実はないよ。霊崩災害《れいほうさいがい》以前は、それぞれの種族で均衡が取れてたんだから」

言われてみれば、リリティアたちの言動からも窺《うかが》い知れる内容だった。

言い掛かり。でっち上げ。

世界を取る利運が巡ってきたと言わんばかりに民を煽動《せんどう》し、侵攻し、奪い、蹂躙《じゅうりん》し、領土を拡大する。侵略行為を正当化するために、偶像まで作り上げて保険を掛ける。

あくまで、これは天使様の思《おぼ》し召《め》しであり、己の醜い欲望からくる侵略ではない。

人は、己の都合のいいシナリオを真実とする。それは、よくわかる。

「くっだらね。え、本当に理由それだけなの？」

「うーん、希少種が邪魔、気に入らない、妬ましい。そのあたりの感情が、霊崩災害《れいほうさいがい》をきっかけに、ドバっと。みたいな感じかな」

「でも、霊崩災害《れいほうさいがい》以前は種族間でのバランスは取れてたんだろ？」

希少種は、一人ひとりは強力だが、個体数は少ない。

代わりに四大種族は、一人ひとりの魔力量は少ないが個体数が多い。

そういう話だったはずだ。

「国としてのバランスは、そうだね。でも、やっぱり個々の力を比べて劣ってるのは四大種族だったから……不満は溜《た》まってたんじゃないかな」

なぜ、希少種が虐げられているか。

この世界に来て、ミスティの説明も聞いて何となくは理解できた。

でも。

「ごめん。正直ピンと来ないわ」

「そうだよね！　弟クンは、この世界に来たばかりで、何なら無理やり連れて来られて……弟クン偉いね！　頑張ってる！　頑張ってるよ！」

言うと、ミスティはわしゃわしゃとヒグレの頭を撫《な》でてくる。

明らかに流れがおかしい。ミスティは、こうして隙あらば甘やかそうとして来るのをやめて欲しかった。すぐにダメ人間になる自信がある。

「よーしよしよしっ」

「だぁあ！　いつまで、やってんだ！」

強引に手を振り払うと、ミスティは名残惜しそうに見つめてくる。

「ねえ、弟クン。辛《つら》いことがあったら、いつでもお姉ちゃんに言うんだよ？」

「平気だよ！　ていうか、今心配なのはリリティアの方だろ」

マイヒメが連れ去られて以降、リリティアはすっかり塞ぎ込んでしまっていた。

碌《ろく》に食事も取らないようで、部屋に引き籠もっている。話しかければ返事こそするものの、声に力はなく、どこか上の空だ。

ようやく外へ出たと思っても、傀儡《くぐつ》のようにふらふらとするばかり。あの騒がしかったエロ吸血鬼《ヴァンパイア》が嘘のようだ。

ヒグレは扉の前に立ち、ノックをする。

「おーい！　そろそろ、お腹空《なかす》いて来ただろ！　俺が特製異世界メシを作ってやろう！」

「……しばらく、一人にしてください」

「お前、しばらくが長くね!?」

かれこれ、三日はこの調子だ。

最初こそ、本当にしばらくすれば切り替えてくれるだろうと思っていたのだが、中々根の深い問題らしい。明日マイヒメが処刑されることも知っているはずだが、リリティアは本当に諦めてしまったのだろうか。

扉の前に立ち尽くすヒグレ。

ミスティはヒグレの肩に手を置き、静かに首を振った。

ミスティが全員分の食事を作り、子供たちと一緒に食べる。空気はどこか重たく、会話も弾まない。食事が終わると、ヒグレとミスティは残って片づけをした。

「リリちゃんとヒメちゃんは、幼い頃からの付き合いだから……色々思うところがあるのかもしれないね。小さいときから、希少種を集めて力を付けようってたくさんがんばってきたみたいだから……今回の一件で糸が切れちゃったのかも」

皿を洗いながら、ミスティが口を開く。

「弟クンは平気？」

「いや、俺はリリティアや、マイヒメに比べたら全然……」

ヒグレは、これまで何不自由なくのうのうと暮らして来た。特別裕福でも、貧乏でもない、平和な家庭。特に起伏のない学生生活。この世界と比べれば、平穏すぎる世界。

正直、希少種と四大種族の確執というのもピンと来ていないし、リリティアやマイヒメ、ミスティたちの苦しみの全てをわかってあげられてはいないと思う。

「比べる必要なんてない。辛いときは、素直に辛いでいいんだよ」

「まあ、そういう話なら……」

　言うまでもない。

「めちゃくちゃしんどいが!?　だって、俺の世界めっちゃ平和だったもん！　そもそも剣とか、魔法とかないし、奴隷とかありえないし、食べ物に困ったこともないし……それで、いきなりこの世界に来たら、過酷すぎるって！　ギャップえぐいって！　戦争とか、滅ぼすとか、処刑とかワードが物騒すぎるんだよ！」

　そういう雰囲気じゃなかったから言えなかったが、甘えだと罵られるかもしれないが、辛くはある。どう強がっても、これだけ落差があれば思うところはある。

　寿司《すし》とか、ポテトチップスとか、めちゃくちゃ食べたい。

　泣きそうになったことも、正直ある。生きるのが大変過ぎるのだ。

「弟クン……っ！」

　それを聞いたミスティは、じわっと瞳を潤ませる。

　ヒグレに抱き着こうと大きく腕を広げ――。

「でも！」

　しかし、ヒグレはそれを力強く制止した。

「俺は、この世界に来た時に、前向きに生きるって決めたんだ。ミスティは、比べる必要ないって言ったけど、どうしても比べちゃうよ。リリティアも、マイヒメも、ミスティも、子供たちもすっげえしんどいと思う」

これは、ヒグレにとってチャンスなのだ。

何者でもなかった自分と決別する最後のチャンス。

「俺はマジでなんもできることないけどさ……それで、俺まで同じように落ち込んでても仕方ないだろ!? なんたって、気分は異世界から希少種を救いに来た勇者だからな！」

たとえ、ちょっと魔力が多いだけのパンピーだろうと、そういう想《おも》いで頑張ってきたのだ。自分の中では、そういう設定なのである。

言い終わると、結局ミスティは力強くヒグレに抱き着いてきた。

「あぁあああん！　弟クン偉いねえええええ！　ほんっと偉いね！　お姉ちゃんが、たくさん褒めてあげちゃう！　よーしよしよし！　ほんっと自慢の弟クン！」

がっしりとホールドし、頭を撫で回す。頬ずりをする。

「おい、やめっ、ぐえ……っ、力強っ」

ヒグレも抵抗するのだが、半ば諦めていた。

この世界の女の子たち、全体的に力が強すぎる。いや、ヒグレが非力すぎるのか。

「よし！　その調子で、リリちゃんに活を入れてあげよう！」

「俺の言葉でどうにかなるか？　割と部外者だからな……」

「弟クンの言葉だからこそだよ！」

「俺の言葉だから……？」

「うん！　がんばれ、勇者クン！」

ミスティに、背中を押されリリティアの部屋へ向かう。

第三者から勇者と呼ばれると、思ったより恥ずかしかった。


「おーい、リリティア。入っていいか？」

「……しばらく、一人にしてください」

扉の前に立ち、ノックをする。

数秒の間があって、返ってきた言葉は数時間前と何ら変わらないものだった。

そこで考えた。もしかしたら、ヒグレは思い違いをしていたのかもしれない。

「そうか……なるほどな。俺の世界とこの世界では、しばらくって言葉の認識が違うのか」

ヒグレはできるだけ扉から距離を取り、腰を落とす。

「悪いな、リリティア」

勢いよく地面を蹴って、身体《からだ》を傾け。

「俺の世界でのしばらくは、もうとっくに過ぎてんだよおおおお――ッ！」

――ドゴォオオン。

渾身《こんしん》のドロップキック。

木製の扉を破壊し、無理やり部屋に押し入った。

「……は？　え？」

ヒグレは「いてて」なんて腰を押さえながら立ち上がる。

ベッドの上で三角座りをするリリティアは、目を大きく見開いた。のそりと立ち上がり、信じられないと両手を戦慄《わなな》かせる。

「扉を……正気ですか？　ここ賃貸なんですよ!?」

「なんだ、そんな心配する余裕があるなら、大丈夫そうだな！」

リリティアは、気まずそうに視線を逸《そ》らす。

「私を責めにきたんですか……？」

「はあ？　なんで、そうなるんだよ」

リリティアは、ヒグレの問いには答えない。

突風に吹かれたかのようにリリティアの髪は乱れていて、目元は赤く腫れていた。宝石のようだった深紅の瞳も心なしかくすんで見える。

「偉そうなこと言って、何もできませんでした。ルルン・リンクノヴァには手も足も出ず、私たちが一番守らなきゃいけないはずのマイヒメちゃんに庇《かば》われて、連れていかれて……」

そこまで言って、リリティアは再び俯《うつむ》いてしまった。

外の広場から聞こえる喧騒《けんそう》が、意味のない音として流れ込んでくる。

そして。しばらくすると、言葉をつっかえさせながら語りはじめた。

「小さい頃、ママに読み聞かせて貰《もら》った絵本をよく思い出すんです。白い光の英雄の話
――その世界は闇に支配されていて、何十年も太陽の光を見ることができないでいました。闇で活発になった悪魔に人々は襲われて、武器を持って抵抗するんですけど……どんどん追い詰められていって。そんな時です、空を覆う闇を切り裂いて白い光を纏《まと》った戦士が現れます。その戦士は村を守って、悪魔を打ち滅ぼしました。そして、村の人々に白い光
――悪魔に対抗するチカラを与えてくれるんです」

リリティアは、懐かしそうに目を細めて、話を続ける。

「白い光の戦士は、みんなを守るために村々を飛び回りました。自らが前線に立って悪魔と戦い、また、人々にチカラを分け与える。そうして、最後にはチカラを全て失ってしまって、力尽きちゃうんですけど……私は、そんな優しくて強い白い光の英雄が大好きでした」

なんてことない一冊の絵本。ありきたりなお話だ。

しかし、その物語が、白き英雄が幼いリリティアの心を摑《つか》んで離さなかったのだろう。

「辛いときに考えるんですよ……絵本の英雄みたいに、誰か私を助けに来てくれないかなって。でも、その度に、思い直すんです。誰かじゃない、私がやらなきゃダメなんだって」

リリティアの語調が徐々に強くなる。

慙愧《ざんき》に堪えないと言わんばかりに、厳しい表情で語る。

「でも、やっぱり、私なんかじゃダメでした……」

そして、まさに今のリリティアを表すように、力のない言葉が漏れた。

リリティアは、あっけらかんとしていて、前向きで、割とアホで、図太いエロ吸血鬼《ヴァンパイア》だと思っていた。でも、きっと彼女はヒグレが思っているより自分に自信がなくて、繊細なヤツなのかもしれない。

「ヒグレさんは、私を恨んでますよね」

「どうしてだ?」

「だって、私が無理やりヒグレさんをこの世界に連れて来たんですよ!? ヒグレさんを見ていれば、元の世界がここより平和だったことくらいわかります。家族だって、友達だっていたはずで、向こうでの生活があって、それを私が壊したんですよ!」

ヒグレに詰め寄り、叫ぶ。

リリティアが、それを気にしているとは思わなかったから、ヒグレは驚いた。

初めて会った時も、廃教会地下の拠点に連れられた時も、こっちの事情なんてお構いなしだったじゃないか。思い返せば少し気にしている素振りもあったかもしれないが、やはり、自分勝手な印象が強い。それでも、不思議と嫌な感じはしなかった。

だから、ヒグレの答えとしては。

「なんだそんなことか」

「そんなこと？　おかしいですよ――ッ」

リリティアに胸元を摑みあげられる。

そのままの勢いで、壁際まで押し込まれた。

「ヒグレさんを利用するために喚《よ》んだんですよ！　目的のためなら、ヒグレさんの生活がどうなろうと構わないって思ってました！」

「惜しむほど大した生活はしてなかったさ」

「ただの兵器として喚んだんですよ！」

「それで来たのが俺か……申し訳なさがあるな」

「ヒグレさんの気を引くために、色仕掛けなんかもして……」

「最初から好感度高すぎると怖いんだなあって……むしろ今理由がわかってよかったよ」

「ルルン・リンクノヴァに殺されてたかもしれないんですよ？」

「今、俺生きてるぞ？」

それに、実際そういう展開になったら、リリティアも、マイヒメも、ミスティだって、全力で助けてくれたように思う。ただ利用するために喚んだにしては、随分と甲斐甲斐《かいがい》しい。兵器を相手にするにしては、優し過ぎるじゃないか。

ヒグレを摑むリリティアの手は小刻みに震えていた。

ローズピンクの髪に隠れて、彼女の表情は見えない。

「おかしい……そんなのおかしいですよ……」

見えなくても、どんな顔をしているかくらいわかる。

ヒグレは、震えるリリティアの手に自分の手を重ねる。リリティアは逆らうことなく手を離し、だらんと腕を落とした。

「俺はリリティアたちに特別だって言われたことが、嬉《うれ》しかったんだ」

リリティアの手を引き、ベッドに移動する。

ヒグレはそのまま腰掛け、隣に座るようにベッドをポンポンと叩《たた》いた。

リリティアは戸惑いながらも、ヒグレの隣に座る。俯くリリティア。ちらりと見えた彼女の目には涙が滲《にじ》んでいて、ヒグレはそっと前を向いた。

「リリティアの言う通り、俺の世界は平和だった。争いで人が死ぬことなんてなかったし、少なくとも俺の住んでる国は八十年近く戦争をしてない。食うに困ることもなければ、この世界に来るまで、殴られたこともなかったよ」

「……いい国ですね」

「平和だった。でもさ、こんなこと言ったら、リリティアにはふざけんなって思われるかもしれないけど、それ以上に退屈だったんだ」

朝起きて、学校に行って、帰ってきて寝る。その繰り返し。

人生を変える劇的な出来事はなく、ヒグレには特殊な設定は備えられていなかった。

苗字《みようじ》は平凡。親は普通のサラリーマン。勉強も、スポーツも人並み程度。

特別な幸運もなく、出会いもなく、また、劇的な不幸もない。

「なんの起伏もないしょーもない人生だと思ってた。平凡でつまらない人生だ。なんてついてないんだ！ってさ。俺がもし、異世界に行ったら。もし、生まれ変わったら、何があってもへこたれることなく、前向きで、努力して、強くなって、可愛《かわい》い女の子にもモテて無双するんだ！　そんな妄想ばかりしてた」

現実はあまりにも退屈だった。

いわゆる正しいと言われる道から外れる度胸もなく、正当な努力を重ねられるほど勤勉ではなく、中途半端な日々を過ごしていた。

妄想は妄想でしかなくて、自分から見ても、他人から見ても、可もなく不可もない人生を歩んでいたと思う。

特別になりたいという、最も平凡な願いを胸に秘めながら。

「そんな妄想をしながら……本当は気づいてたんだ。しょーもないのは、俺自身だ」

努力できる環境はあったのに。

見てみろ、この世界を。

思い返せ、自分の世界を。

人生を変えようと思ったら、なんだってできたはずだ。

身分を保証され、明日食う飯には困らず、家もあって、命の危険なんてないにも等しくて、スマートフォンがあれば知識は取り入れ放題、どこへでも繋《つな》がれるし、時間もあっただろ？

——でも、何もしなかったじゃないか。

「だから、この世界に来たのは、最後のチャンスだと思ったんだ。異世界に来るだなんて劇的なきっかけ、きっともうない。これを逃したら、俺はもう一生怠惰な俺のままだ」

待っているだけでは、チャンスは巡ってこない。

でも、本当に運よくヒグレには巡ってきた。

異世界転移というチャンスを、ふいにはできない。

「ずっと特別になりたかった。リリティアたちが、俺を特別だと言ってくれた。たとえ、本当は俺になんの力もなかったとしても、嬉しかったし、できることはしてやりたいと思うよ」

「……この世界に来たこと、後悔してないんですか？」

「むしろ、感謝してるくらいだ」

リリティアが喚んでくれなければ、ヒグレは中途半端な人生にうだうだと文句を言うだけのしょーもない人間だった。

「みんなが落ち込んでるときに、俺まで落ち込んでたら意味ないだろ？　それに、力がないからって、それを根拠に何もしないのは怠慢だと思う」

それじゃあ、元の世界にいた頃の自分と何も変わらない。

たとえ、どんな過酷な情況が待っていようと、言い訳だけはしちゃいけない。

「この世界に来た時に決めたんだ――しんどい時こそ、前向きに」

「……ぁ、それ、最初に言ってた」

リリティアは、やっと顔を上げ、ヒグレを見る。ヒグレと出会った時を思い出しているのだろう。瞳を大きく揺らして、ギュッと拳を握る。

「くよくよしてても、どうにもならないのは、怠惰な俺の十七年で証明済みだからな。それに、メンタルが上向きなら、結果も後から付いてくるだろ！」

「付いてこなかったら……？」

「え……？」

不安そうなリリティアを見て、言葉に詰まる。

その切り返しは予想していなかった。

新たな発見。どうやら、ヒグレはアドリブに弱いらしい。

「えっと……リリティアに手伝って貰う、とか？」

そして、咄嗟《とっさ》に口にした言葉に、リリティアは再び俯いてしまった。

せっかくいい流れだったのに答えを間違えただろうか!?

と思っていたのだが、どうやらそうではないらしい。

その証拠に、リリティアの肩は小刻みに震えている。

顔を上げたリリティアは涙をちょちょ切れさせて笑っていた。

「ぷ、ふふ、あははは――っ、なんですか、それ。それでも、どうにもならなかったら、どうするんですか？」

「そしたら、ミスティにも手伝って貰おう！」

リリティアは笑いながらヒグレを試すように問い、ヒグレはリリティアの笑顔にいい気になって答える。

「ふふ、ヒグレさんって変わってますね」

「おう。普通のヤツだって言われるよりは、そっちの方がいいな」

それを聞いたリリティアは、一人で塞ぎ込んでいたのがバカらしい、と涙を拭う。ベッドに座り直し、ヒグレの方を向いた。

「それと、ヒグレさんは捻《ひね》くれてますね。普段は自信がなさそうなのに、私たちが落ち込んでいるとやる気を出して」

「自信ないっていうか……いきなり、全部は変わらないっていうか、後ろ向きな根性が染みついてるから、普段は仕方ないというか……」

頑張っていると思われたくはないが、頑張ってはいるのだ。そりゃ、いつでも前向きでいられたらいいが、期待されるのは慣れていないし、実際、自信など微塵《みじん》もないのだから、仕方がない。

ぶつぶつと唱えるヒグレを見て、リリティアはふと笑顔を作った。

それから、気合を入れるように、思い切り自分の両頬を叩いた。

「ありがとうございます。目が覚めました。くよくよしてるの、私らしくないですよね」

「おう。そうだな」

「普段通り、えっちなお姉さんとして頑張りますっ」

「お、おう……？」

リリティアが、あまりにも真剣な顔で言うものだから流されそうになったが、冷静になって首を捻る。もう一度、リリティアの顔を見るが、やはり覚悟を決めたようないい顔をしていた。

「あんまお姉さん要素を感じたことはないというか……お前は、ただえっちなだけじゃないのか？」

「えっちなお姉さんとして、頑張ります！」

「お、おう……その意気だ」

せっかく前向きになったリリティアに水を差すこともないだろう。

言いたいことはあったが、ヒグレは渋々飲み込むのだった。

これでリリティアも交えて、マイヒメ奪還の作戦会議ができる。

そう思って立ち上がり、リリティアを振り返ると——胸元をはだけさせてベッドに身体《からだ》を投げ出していた。雪のような白い肌。それを溶かすように煽情的《せんじょうてき》に広がるローズピンクの髪。切なげに揺れる深紅の瞳。そして何より、大きく開かれた胸元に視線が吸い込まれる。

「ヒグレさん……」

リリティアは柔らかそうな唇を動かし、ヒグレの名を呼ぶ。

「えっと……リリティア？　何してるんだ？」

ドギマギする心臓を抑え、努めて平静に言った。

「え？　これえっちする流れですよね？」

「あ？」

「きゃっ、押し倒されちゃった♡」

　しかし、その熱もすんと退《ひ》いていった。

　リリティアが纏《まと》っていたピンク色の空気を、今はもう欠片《かけら》も感じられない。

「はあ……全くお前は」

　両手を広げ、ヒグレさんが、私をベッドに誘ったんじゃないですか！」

「だって、ヒグレさんが、私をベッドに誘ったんじゃないですか！」

「あれは、そう言う意味じゃねえよ！　他に座るところがなかっただけで！」

「えええ！　私をその気にさせといて、それは酷《ひど》くないですか!?」

「さっきまで、そんな雰囲気じゃなかっただろうが！　ていうか、俺を引き留めるために迫ってたんだろ!?　もうしなくていいからな！」

「残念でしたー！　そういう目的もありましたけど、何とも思わない相手に色仕掛けなんてしませんよーだ！」

　バッと身体を起こしたリリティアは、べーと舌を出す。

「出会った時から、いいなって思ってたんです」

「はあ？」

「一目惚《ひとめぼ》れ、ですかね」

　そう言うと、頬に手を当てて「きゃ」なんて黄色い声を漏らす。両手で顔を隠し、たまにヒグレの反応を窺《うかが》うようにチラチラと視線を送ってきた。

ヒグレを引き留めるために色仕掛けをしていたと聞いた時は、むしろホッとした。正直、ハニートラップ的なものは疑っていたし、理由がわかって安心できた。

しかし、どうやら打算以外の感情もあったようで、……となると、結論、リリティアはエロ吸血鬼《ヴァンパイア》である。といったところだろうか。

「……よし、とりあえず作戦会議に行くか」

ヒグレはリリティアの首根っこを摑《つか》み、連行する。

「ちょ、あれ!? ヒグレさん!? 無視はよくないですよ！ でも、ごめんなさい。マイヒメちゃんが捕まってるのに、この調子の乗り方は違いますよね！ たしかに、タイミングは考えるべきだったかもしれません」

扉へ向かってずるずると引きずるのだが、当の彼女は気にした様子もなく、笑顔でしゃべり続けていた。逞《たくま》しいヤツである。懲りないヤツだとも言える。

「この戦いが終わったら、えっちなことしましょうね♡」

リリティアは右手で輪っかを作ると、シコシコと上下に動かした。

見た目こそ目を奪われるほどの美少女だが、どうしてここまで残念なのか。

「……はあ」

大きくため息をつくヒグレ。

リリティアを摑んでいた手を離し、頭を思い切り叩《はた》いた。

「あいたぁ――っ！」

部屋を出ると、壁に寄りかかったミスティがいた。

呆《あき》れた様子のヒグレと、ひぃぃん、と頭を押さえるリリティアを見て、ニコリと微笑《ほほえ》む。

「うん！　さすが、私の弟クンだね」

ミスティはヒグレに寄ると、わしゃわしゃと頭を撫《な》でる。

「ミスティちゃん……色々すみませんでした」

「ううん、リリちゃんが元気になってよかったよ！　でも、もっと私にも頼ってほしいかな」

ミスティは、ヒグレにしたようにリリティアの頭も撫でた。

リリティアはされるがままで、くすぐったそうに身を捩《よじ》る。

「私は弟クンのお姉ちゃんだけど、リリちゃんとか、みんなのお姉ちゃんでもあるんだからね！」

「それは違うような……」

「うん！　お姉ちゃんにお任せあれ！」

「ミスティちゃんも大概人の話聞かないですよね!?」

ヒグレたちは、リビングに場所を移してテーブルを囲む。

ミスティが、鎮静作用のある紅茶を淹《い》れてくれた。慣れない上品な味に舌鼓を打ちながら、話し合いが始まった。

「それで、マイヒメちゃんを助ける手立てはあるんですか？　警備には、あのルルン・リンクノヴァがいるんですよね？」

マイヒメの公開処刑は明日に迫っていた。

ここから徒歩数分の中央広場で、マイヒメは火炙《ひあぶ》りにされる。

リリティアが言うように、警備にはベリア王国最強の剣、竜撃の姫——ルルン・リンクノヴァが出張ってくるようだ。マイヒメがいても、ルルンには手も足も出なかった。彼女と対峙《たいじ》した時の絶望は、未《いま》だヒグレたちに深く刻み込まれている。

マイヒメの奪還は、王国側としても想定しているのだろう。

だからこそ、ルルンを配置し、その情報も詳《つまび》らかにしているのだ。

「でも、マイヒメも、ただ捕まったわけじゃない。少なくとも、自分が助かることを諦めてはなかったぜ」

だが、ヒグレも無策というわけではない。

根拠の一つは、マイヒメと最後に交わしたやり取りの中にあった。

マイヒメの唇の柔らかな感触と、流れゆく熱。と共に、ヒグレの中に芽生えた未知のナニカ。そして、マイヒメがヒグレの耳元で囁《ささや》いた一言。

「マイヒメが言ったんだ――俺は魔法が使えるぞ」

◇

処刑当日。

ベリア王国。王都リリアアラ。

相変わらずの曇り空で、鉛のような雲が山脈の向こうまで広がっていた。

中央広場は人でごった返している。街中の人々、下手をすれば街の外からも人が集まってきていた。人類種《ヒューマン》、緑精種《エルフ》、獣人族、土精種《ドワーフ》の老若男女。集まった人々の目的は、皆同じで――妖狐種《ルナール》最後の王族、マイヒメ・ヒイラギの姿を一目でも見てみたい。

人々がひしめき合う中央広場で、その中心だけはぽっかりと空間ができていた。円を描いて王国騎士団が守りを固め、その中心には十字架に磔《はりつけ》にされたマイヒメがいる。

十字架の下には、薪《まき》や可燃材が盛られており、すぐ隣には滅竜剣レーヴァテインを携えたルルンが控えていた。

マイヒメの手首は魔具で拘束されており、身体は荒縄で強く固定されている。

マイヒメは、表情を一切崩すことなく、真っすぐ前を向いていた。声を発することはなく、絶望に表情を歪《ゆが》めることもなく、毅然《きぜん》とした態度を貫いている。

耳を澄ませば、マイヒメを嘲る声が聞こえて来た。

「見ろよ、磔にされて表情一つ変えやがらないぜ。あー、怖え。魔獣の血が流れてるってのもあながち間違いじゃねえのかもな」

「噂《うわさ》じゃ、ベリア王国を堕《お》とそうって計画してたらしいじゃんか」

「どうせ無理だろ、希少種が力持ってたのって何年前の話だよ。俺たちには竜撃の姫だっているんだぜ？」

「だな。とりあえず不安の種が一つ減るんだ。死んでくれるのはありがてえよ」

そんな中、深くローブを着込んだヒグレは人込みを縫って歩く。

希少種には魔獣の血が流れてる？

霊崩災害《れいほうさいがい》は天使様の天罰で、希少種は死ぬべき人間たちだ？

くだらない。ああ、笑えるほどにくだらない。

怖《こえ》いだと？　一番怖い思いをしているのは、あんなに小さな身体で一人槍玉《やりだま》に挙げられて戦わされているマイヒメに決まっているじゃないか。

「とびきり笑える、お姫様ジョークでも考えて待っててくれよ。マイヒメ」

磔にされたマイヒメの目の前。人だかりの最前列までやってきた。

マイヒメが磔にされた一帯を囲むようにロープが展開されており、警備の王国騎士が、マイヒメに背を向けて立っている。

このスペースに考えなしに飛び出せば、たちまち王国騎士たちに囲まれてしまうだろう。

もし、騎士たちを退けたとして、マイヒメの数メートル横には、ルルンが控えている。

だが、ヒグレには秘策があった。

振り返ったヒグレは、ルルンが氷零竜《ひょうれいりゅう》を討伐した時に造られたという観光用の記念建造物――竜の塔を見る。正確には、その天辺《てっぺん》に控える仲間の姿を。

そして、合図に指でハートマークを作った。

ただでさえ、多くの人でごった返しているのだ。もっとわかりやすい仕草がいいだろうと提案したのだが、彼女が――弟クンの姿を見間違えるはずないよ！　と強く主張したのだ。

竜の塔の天辺に足を掛けたミスティは、ヒグレからの合図を見て、ふにゃあと口角を上げた。可愛《かわい》い愛弟の控えめな合図に、脳がとろけそうになる。

だが、ヒグレを抱きしめて、いい子いい子して、でろんでろんに甘やかすのは、無事にマイヒメを助け出してからだ。

まずは、お姉ちゃんが頼りになるというところを、アピールしなくてはなるまい。

「はいはーい！　お姉ちゃんにお任せあれ♡」

ミスティは両手で弓を弾《はじ》くようなポーズを取り、魔法を発動する。

身体《からだ》から魔力が巻き起こり、薄緑色の髪が逆巻く。

螺旋状《らせんじょう》に魔力が収束、それは巨大な矢となって轟轟《ごうごう》と音を鳴らす。下手に近づけば、たちまち肌が裂けてしまいそうな鋭さを持った風の塊。

ミスティは、それを見事に制御。

矢を射る動作と共に、射出された。

「【練風槍《オク・シュピラーレ》】――ッ」

ミスティが持つ魔法の中で最大出力を誇る、風属性の上級魔法。

巨大な矢は、唸《うな》りを上げて空を裂く。

礫にされたマイヒメのいる上空を走り抜け、その先――王城に炸裂《さくれつ》。

「ふふ。弟クンのためなら、王城だって堕としてみせるよっ！」

王城の尖塔《せんとう》が貫かれ、鳴り響く破砕音と共に崩れ落ちた。


崩れ落ちる王城の尖塔。

轟音《ごうおん》が響き、一瞬の静寂。

それから、堰《せき》を切ったように悲鳴が上がる。

人の多さによるストレスも相まってか、叫喚はすぐに広場上の人々へ伝播《でんぱ》する。王国騎士たちが、落ち着くように呼び掛けるが、民衆の混乱は増すばかり。

不安にわめく者。

王国騎士を責める者。

我先に逃げ出そうと藻掻《もが》く者。

そんな中、ヒグレはロープを飛び越えて、マイヒメの下《もと》へ走った。

いくら混乱の最中と言えど、いきなりスペースに飛び出せば、注目を浴びる。たとえ、民衆が見逃したとしても、王国騎士、ましてや、ルルンは話が別だ。

（よしよし、上手《うま》くいってるな）

しかし、磔にされたマイヒメへ向かって走るヒグレを、誰一人とて指摘しなかった。集まった人々も、王国騎士も、ルルンもヒグレを見はしない。認識すらしていない。

皆の注目は破壊された尖塔に集まり、視線は上に固定されている。

襲撃に備えて神経を尖《とが》らせているルルンの魔力感知にも、引っかからない。

「よお、お姫様。助けに来たぜ」

そして、ヒグレは難なくマイヒメの下へ辿《たど》り着くのだった。

◇

――時は、昨晩の作戦会議まで遡る。

「まず大前提として、ルルンとは戦っちゃダメだ」

口元で手を組んだヒグレは、神妙な面持ちで言った。

ここにいる全員が、ルルンに手も足も出なかった。しかも、レーヴァテインを抜いていない余力を残したルルンに、だ。リリティアの超級魔法【炎ノ煉獄《インフェルノ》】ごと一帯を氷漬けにされたのは、記憶に新しい。

「ミ……お姉ちゃん。公開処刑される時のマイヒメは、どんな状態だ？」

「はい！　お姉ちゃんです！」

ヒグレに呼ばれたミスティは、元気よく挙手をする。

「磔にされて火刑に処されると思うかな。両手は魔封じで塞がれて、身動きも碌《ろく》に取れないはずだよ」

「魔封じ……」

「魔力の流れを止める魔具ですよぅ。基本的に魔法は身体中に魔力を流し、手のひらから放出します。なので、手首の辺りで、魔力を止めてしまえば、魔法も使えなくなるんです」

リリティアは両手首を合わせて、手錠を掛けられたようなポーズをする。

「その魔具を解除する道具みたいなのはないのか？」

「と言うと思って準備していました。テッテレー！」

ミスティは、待ってましたと言わんばかりに、胸元から魔具を取り出した。どこにそんなスペースがあったのか、ミスティの双丘がたわみ、刃の潰れた短刀のような武器が引き抜かれる。

「有能なお姉ちゃんを刮目《かつもく》せよ！　こちらが、魔封じを解除する魔具、もうオレの魔法は止められない〜なんでもコワス君〜です！」

「えっと……コワス君？」

「もうオレの魔法は止められない〜なんでもコワス君〜までで正式名称だよ！」

「それは、ミスティが作った魔具なのか？」

「ううん。基本的に、うちの魔具は、仲の良い土精種《ドワーフ》の子が作ってくれてるんだ！　ネーミングセンス可愛いよね！」

この世界のセンスは難しい。ヒグレには理解しがたかった。

と思ってリリティアを見るが、ふるふると首を横に振っていた。

どうやら、ミスティと、その土精種《ドワーフ》の子が特殊なだけらしい。

「魔封じは、魔力を遮る特殊な鉱石でできてるの。すっごい硬いんだけど、急激な温度差に弱くてね……刃先から熱と冷気を交互に発する、もうオレの魔法は止められない〜なんでもコワス君〜があれば、壊せちゃうんだ！」

ミスティは「はいっ」とコワス君を渡してきた。

名前とは裏腹に、恐ろしい武器だ。刃こそ丸いものの、人体へ振るっても十分効果があるだろう。

「弟クン、これも持っていって！」と、ミスティが小さな麻袋も渡してきた。

「これは、私の家に伝わるちょー強力な眠り粉だよ！　どんな魔獣でもたちまちおねんねしちゃうんだから！　何か危ないことがあったら使ってね！」

ルルンに効くかは怪しいところだが、攻撃手段のないヒグレとしてはありがたい一品だった。

「ちょっと待ってください！　ルルンとの戦いは避ける方針なんですよね？　魔封じの解除なんて、ルルンがさせてくれませんよ！」

リリティアがもっともな指摘をする。

だが、それも想定内。ヒグレは得意げに口を開いた。

「そこで、俺の魔法の出番だ！」

「ヒグレさんの魔法って、魔力譲渡ですよね？」

「いいや、それ以外の魔法も発現したんだ」

きっかけは、留置所でルルンと事を構えた一件。

最初は、小さな種だった。

なんとなく、そんな気がする。なんとなく、使える気がする。これが魔法である気がする。魔力譲渡については、魔法を使っている意識があまりない。だから、ヒグレとしては初めての感覚だった。

自分の中に、未知の実感が芽生えるというのは。

「お姉ちゃんも最初に見た時は、びっくりしちゃったな！」

そして、その種を発芽させ、魔法として定着させることができたのは、この三日間のミスティの協力あってこそのものだ。

「行くぜ——【隠密《ヒドウン》】」

ヒグレが唱えると同時に魔法陣が展開——魔法が発動した。

ヒグレの姿が、空気に馴染《なじ》むようにぼやけ、希薄になっていく。

気づいた時には彼の姿も、気配も認知できなくなり、リリティアはきょろきょろと視線を彷徨《さまよ》わせていた。

「姿を隠した……？　いえ、それだけじゃないです、魔力感知もできない」

これこそ、マイヒメを救出するために宿した、ヒグレの魔法。

視覚、及び魔力感知から逃れる透明化の魔法——【隠密《ヒドウン》】。

「これがあれば、マイヒメだって助けだせるだろ？」

魔法を解除したヒグレは、リリティアの背後に現れた。

木製の椅子に座ったリリティアは、ぎょっと目を見開いた。

「すごい……全く感知できませんでした！」

「当日は人も多いはずだし、これならヒメちゃんにも近づけるはずだよ！」

これだけの静寂の中、しかもヒグレを認識していた状態からの魔法行使で、この結果だ。多くの人でごった返し、音や息遣いなどの気配も感じづらい当日なら、【隠密《ヒドウン》】は必ず通じるだろう。

「にしても、ちょうどいい魔法が発現して、ラッキーだったな」

「さすが私の弟クン！　普段の行いがいいからだね！」

これが主人公補正というヤツだろうか。

高揚感に包まれたヒグレの口角が思わず上がる。

「偶然……ううん、ヒグレさんのもう一つの力まで、マイヒメちゃんは気づいてたんだ」

何かを憂うように目を伏せたリリティアは、ぼそりと呟《つぶや》いた。

「もう一つの力？　それってどういう……」

「いえ、すみません。余計なことを言いました。気にしないでください」

「めっちゃ気になるけど!?　意味深すぎるだろ！」

「【隠密《ヒドウン》】ってめちゃくちゃえっちな魔法ですよね!?　私も覚えたいです！って話です！」

「お前だけは、絶対に覚えちゃいけない魔法だな!?」

【隠密《ヒドウン》】を使えば、お風呂に突撃できるなとか、着替えを覗《のぞ》けるなとか、考えたことなんて全くない。そんな発想すらなかった。なかったったら、なかった。

まったく、脳内真っピンクのエロ吸血鬼《ヴァンパイア》には困ったものである。

何か誤魔化されたような気もするが、この状況でヒグレの不利になるようなことはしないはずだ。リリティアの言う通り、今は気にしないでおこう。

「それで、私たちの役目はなんですか？　何でもやりますよ！……ルルンさんとの戦闘以外なら」

「ああ、ミスティは、マイヒメから視線を逸《そ》らすための陽動——」

ヒグレはコワス君で、マイヒメの魔封じを解除しなくてはならない。いくら【隠密《ヒドウン》】があり、人が多かろうと、注目を一身に浴びた状態では不安だ。

人々の視線を誘導、欲を言えば民衆が混乱状態である方がありがたい。

「そんで、リリティアは俺のサポート。作戦に失敗した時の保険だ。具体的に言えば——」

◇

——時は、マイヒメの処刑当日へ戻る。

「よお、お姫様。助けに来たぜ」

人々の視線は、ミスティに破壊された王城の尖塔《せんとう》へ集中している。

逃げ出した者も多く、既に広場に集まった人々の三分の一くらいはいなくなっていた。

それでも、変わらず人の多さを感じるのは、混乱に惑う彼らの怒号と悲鳴のせいだろう。

気を引くにしてはやり過ぎではないか、と思わなくもないが、その甲斐《かい》もあって、ヒグレは楽々マイヒメの下まで辿り着けた。尖塔の破壊を受けて、ルルンは辺りを警戒しているが、ヒグレに気づいた様子はない。

「……っ!?」

マイヒメは、ヒグレの存在に気づいたようで、目をしばたたかせる。

意図を酌んで声は発さない。しかし、何かを訴えかけるように、強い視線を送ってくる。

不安そうにも、ヒグレを心配しているようにも見えた。逃げろ、とでも言いたいのだろう。

だが、その提案は聞けない。

リリティアを奮い立たせ、ミスティの力を借りて、痛いのも、怖いのも我慢して、ここまで来たのだ。

マイヒメには、ヒグレの覚悟など軽く見えるのかもしれないが、ヒグレにとっては自分の人生を変える転換点。

　ここでマイヒメを助けることができたなら、ヒグレは少しだけ自分を肯定できる。

（安心しろって！　俺の【隠密《ヒドウン》】は完璧だからな。魔力感知だって欺ける）

　磔《はりつけ》にされたマイヒメの背後に回り込む。懐から、コワス君を取り出し、魔封じを斬りつけた。

　魔力はミスティに補充して貰《もら》っている。コワス君は難なく発動。しかし、魔封じが思ったより硬い。中々、破壊できないでいた。

　その間にも、マイヒメは焦ったようにヒグレの方へ視線を向ける。

（今、助けてやるからな。マイヒメ！）

　シンプルだが、これがルルンと対峙《たいじ》せずにマイヒメを助け出す方法だ。

　魔封じさえ解除してしまえば逃走は容易。点と点を移動する、マイヒメの転移魔法を使えば、いくらルルンと雖《いえど》も追ってはこられないだろう。

（よし、もう少しで壊せるッ！）

　と思ったところで。


「ヒグレ君逃げて――――ッ！」

　マイヒメの金切り声が響いた。

　同時に、腹部に重たい衝撃が走る。

「があ――ッ!?」

　ヒグレは訳もわからないまま吹き飛ばされ、ゴムボールのように地面をバウンド。ちょうどギャラリーを隔てるために展開されたロープの辺りで止まった。

　全身がひりひりと痛む。何より腹部が千切れるように痛い。

　石畳の冷たい感触。

　うまく呼吸ができず、咳《せ》き込む。

「ごはっ、ごほっ。な、んで……っ」

　じんじんと痛む腹部を押さえて、視線を上げる。

　そこにはレーヴァテインを携えたルルンが、仁王立ちをしていた。ルルンはマイヒメを守るような位置に立ち、全ての意識をヒグレに向ける。

「わ、わたしの身体《からだ》……バラフリリスが混じってて……鼻がいいんですよ」

　ルルンは鼻を擦《こす》りながら、言った。

　姿は見えず、魔力も感じられず、しかし、匂いでわかったのだ。

　迂闊《うかつ》だった。どうして、その可能性に思い至らなかったのか。

「す、すみません……あなたの匂い、独特だったので覚えちゃいました」

　えへへ、と笑うルルンが、ヒグレには悪魔に見えた。

ルルンに蹴られた衝撃で、【隠密《ヒドゥン》】は解除されてしまった。

混乱の中、ルルンに蹴り飛ばされたヒグレを見ていた者が何人かいたのだろう。地に伏すヒグレを中心に、別の色の動揺が広がる。

「なんだ？　希少種の仲間か!?」

「でも、俺らにはルルン様がいる！　ルルン様が居れば安心だ！」

「王城をやったのもコイツらか？　早く殺しちまえ！」

人々の厳しい視線が、ヒグレに突き刺さる。

悪意。嫌悪感。敵意を一身に受ける感覚。

身が竦《すく》み、思わずフードを深く被《かぶ》り直す。

「……っ」

ルルンは、ヒグレへ照準を定め、手のひらを翳《かざ》す。

「殺しはしませんよ……で、でも、死んだ方がマシだったと思うかもしれません……ぅ」

そして、薄青色の魔法陣が展開し、魔法が発動。

骨を砕き、肉を断つ氷の槍《やり》が地面に突き立つ。

それは甲高い耳鳴り音を響かせながら、ヒグレへ一直線に向かって来た。

「くぅ――ッ!?」

咄嗟《とっさ》に、顔面を両腕で覆う。

そして、ルルンの氷撃がヒグレに到達する刹那——再びヒグレの身体に衝撃が走る。しかし、今度のそれは激しくも、気遣いを感じる優しいものだった。

「私の役目はヒグレさんがしくじったときのカバー！」

視界の端でたなびくローズピンクの髪。

鼻孔《びこう》をくすぐる甘やかな香りと、柔らかな感触。

「リリティア……っ！」

ヒグレは人々の隙間を縫って走るリリティアに、抱きかかえられていた。

思い出すのは作戦会議の時のこと。

『そんで、リリティアは俺のサポート。作戦に失敗した時の保険だ。具体的に言えば——何とか俺を助けてくださいお願いします！』

そして、彼女は約束通り飛び出してくれた。

「うわあぁん、結局ルルンさんと戦う羽目になってるじゃないですかぁ！　ヒグレさんの雑な作戦のせいで！」

「仕方ないだろ!?　他にまともな案でなかったじゃんか！」

魔封じを壊すのに、想定以上の時間がかかった。

ミスティが入手してくれた魔封じで試した時は、一瞬で破壊ができたのだが、何か強力なコーティングでも施されていたのだろうか。これに関しても、準備不足だと言わざるを得ない。

「でも、この人混みのなかじゃ、ルルンだってヘタに魔法を振るえないはずだ」

ヒグレを抱えたリリティアは、ローブを深く被り、人混みに紛れて逃げる。周りにはヒグレたちに気づいて声を上げる者もいるが、鳴りやまぬ喧騒《けんそう》に掻《か》き消される。

ルルンはヒグレたちの居場所に気づいているだろうが、見たところ器用に加減できるようなタイプじゃない。いきなり超火力の魔法が飛んでくることはないだろう。

このまま、流れでマイヒメも回収できれば理想だが。

「いえ、そう楽観視もできないかもしれません」

と、その時。

大地をどよもし、重低音が鳴り響いた。

ルルンが魔法を発動したのだ。

礫にしたマイヒメごと、氷の大地がせり上がる。ロープで区切られていた内側の区画が、ルルンとマイヒメだけを乗せて、上昇。堅牢《けんろう》な氷の塔が形成された。

「み、皆さん……落ち着いてくだ、さいッッ！」

辺りの建物より、一つ抜けた高さの氷塔の上で、ルルンが叫ぶ。

ルルンの規格外の魔法に、人々も動きを止め、氷塔を見上げる。

混乱は、一つの圧倒的な魔法にて、打ち破られた。

「王国騎士の皆さんの指示に従って退避してください！　希少種は、わたしが責任を持って殺します！」

ベリア王国最強の剣――竜撃の姫、ルルン・リンクノヴァ。

言葉の説得力が違う。安心感が違う。

それを裏付けるような圧倒的な魔法が、人々の目をくぎ付けにする。

彼女の頼もしい言葉に、人々の顔に冷静さと、正常な活気が戻った。

「焦らず落ち着いて！」「私たちの誘導に従ってください！」

ルルンの号令を受け、王国騎士たちも人員誘導を始める。

人々は王国騎士に従い、次々に広場から逃げ出していく。算を乱していた人々は列をなし、思い思いにルルンへ、また、ヒグレたちに声を掛けながら、走る。

「頼んだぞ！　竜撃の姫！　希少種なんてぶっ殺しちまえ！」「できるだけ、痛い目見せてやれよ！」「やっちまえ！　王国最強の剣！」「魔獣混じりの希少種なんて、さっさと駆除しちまえ！」

そして、気づけば場には、ヒグレとリリティアだけが残された。

中央広場に繋《つな》がる四つの道を塞ぐように、王国騎士たちが守りを固めている。

「これは……本格的にヤババヤバですね」

ヒグレたちに逃げ場はない。

勝機はマイヒメの魔法だが、ルルンを退け、氷塔の天辺《てっぺん》に磔にされたマイヒメに接触するのは至難の業だ。絶望的な状況だと言わざるを得ない。

「マイヒメ・ヒイラギと、緑精種《エルフ》の人がいても、わたしに手も足もでなかったんですよ？　大人しく降参してください。吸血鬼《ヴァンパイア》一人じゃ、ムリです……ぅ」

「そう言われて諦めるくらいなら、初めから来てないってんです！　【爆炎渦《エクスプロード》】──ッ」

真っ赤な魔法陣が煌《きら》めき、それを上塗りするほどの紅が弾《はじ》けた。

到達できるのは魔道士の上位僅か一パーセントだと言われる、上級魔法。

加えて、吸血鬼《ヴァンパイア》であるリリティアの魔法は絶大。

氷塔の全てを飲み込まんと渦を巻く爆炎が殺到し──。

「あなたのぬるい炎じゃ、ムリです」

その全ては、ルルンの腕の一振りで凍結。

炎は出来のいいオブジェのように綺麗《きれい》に固められ、ルルンには届かない。

「……っ」

「前のじゃ、足りなかったですか……？　もう一度教えてあげますね」

氷塔を蹴って落ちたと思った刹那──ルルンは、リリティアの正面にいた。

「格の違いってヤツ、です」

ルルンが薙《な》いだ細腕が、リリティアにクリーンヒット。リリティアは石畳の上を転がり、ルルンは容赦なく追撃を仕掛ける。

リリティアの炎が舞い、ルルンの氷が弾け、何度も立ち位置を入れ替えながら、至近距離で魔法の応酬、また、徒手空拳によるどつきあいが繰り広げられた。

捕らわれたマイヒメを前にして、リリティアの集中力は冴《さ》えわたっていた。ヒグレの目でもわかる程に動きはキレていて、魔法の発動タイミングも絶妙だ。

「リリティア――ッ！」

しかし、それだけだ。

ルルンという、圧倒的な戦力を前にしたらないにも等しい変化。

ついに、ルルンの拳がリリティアに炸裂《さくれつ》する。

「うぐぅ――ッ!?」

リリティアは、再び石畳を転がった。

鎧《よろい》に付いた煤《すす》を払いながら、ルルンがゆっくりと近づいてくる。

「吸血鬼《ヴァンパイア》の専用魔法は使わないんですか？　それだけの精度で汎用魔法を撃てるなら、使えますよ、ね」

「あなた相手には、もったいない魔法ですからね」

リリティアは震える体に鞭打《むちう》って、立ち上がる。

口元の血を拭って、正面からルルンを睨《にら》みつけた。

「理想を語れるのは、それを現実にし得る力を持った強者だけってハランさんも言ってました。あなたは弱いですよね……？　もしかして、勘違いしちゃいましたか？　必死にやれば、なんとかなるって」

ルルンの足元から、冷気が漏れ出る。

水晶の瞳をゆらりゆらりと妖しく光らせた。

「あなた以外の全ての吸血鬼《ヴァンパイア》を氷漬けにすれば、勘違いに気づきますかね？　わたしなら、できますよ」

ルルンは、ゆっくりと腕を持ち上げ、魔法陣を展開。

リリティアも迎え撃つように魔力を練り――。

「そんなことさせるわけ――ッ、ぁ」

しかし、魔法陣が展開したところで、ボフンと情けない音が漏れる。不格好に炎が散り、リリティアの目線がガクンと下がった。

「魔力切れですね。希少種が調子に乗っちゃメッ、ですよ」

リリティアの魔法は――不発。

そして、ルルンの魔法は有効。

螺旋《らせん》階段のようにうねりながら、氷刃を生やした氷の波がリリティアに迫る。

魔法の不発によって、リリティアの身体は鉛のように重たそうだ。衝撃に備え、目を閉じた——その瞬間、リリティアの身体《からだ》は不自然に真横に弾かれた。

「——へ？」

少なくとも、ルルンには、そう見えただろう。

「ぶっはあ——っ、間一髪！」

【隠密《ヒドゥン》】によって姿を消していたヒグレが、リリティアを抱きかかえて地面に身を投げたのだ。ルルンの一撃は、ヒグレの背を擦過。僅かに服を破かれたものの、外傷はなし。

ヒグレはバクバクとうるさい心臓を落ち着かせるように、大きく息を吐いた。

「ヒグレさん……!?」

一通り深呼吸をすると、歯を食いしばって立ち上がる。

魔法を解いたヒグレは、リリティアに応えるように優しく肩を叩《たた》いた。

「理想を語れるのは強者だけだぁ!?　ごちゃごちゃうっせえよ、ばあああか！」

そして、ルルンへ人差し指を突き付けて叫んだ。

ヒグレの物言いに、わけがわからずポカンとする、ルルン。

それでも、ヒグレは止まらない。

「理想があるから、強く在れるんだろうがッ！　希少種がどうだとか、くっだらねえな！

俺ぁ過酷な異世界で面白おかしく生きるんだよ！」

新たな人生を歩むため、胸を張って生きられるように、この世界へ来た時に覚悟を決めたのだ。たとえ、どれだけ不利な状況だろうが、後ろを向くことだけはありえない。

佐々木陽紅《ささきひぐれ》なら、とっくに諦めていただろう。

だが、ササキ・ヒグレは、絶対に折れはしない。

「ヒグレさん……！」

「でも、今のままじゃ勝てないので一旦退散！」

ヒグレは再びリリティアを抱えると、【隠密《ヒドウン》】を掛け直す。

「ヒグレさん!?」

今度はリリティアも巻き込んで、魔法を発動。

ヒグレとリリティアの姿は空気に馴染《なじ》み、ルルンの知覚範囲から消えていく。


「逃がさない、ですっ！」

ルルンには、氷零竜《ひようれいりゆう》バラフリリス由来の嗅覚があった。

一度破られた魔法で逃げを選択するなど、愚かなことだ。

そう思ったのだが。

「……匂いが、しないです」

不思議に思って辺りを見渡すと、王国騎士が倒れていた。西へ繋がる道を塞いでいた、王国騎士の一人が、鎧を剝《む》かれてぐっすりと眠っている。幸い外傷はないようだが、眠りは深く起きる気配はなかった。

「そういう……っ」

先ほど一瞬魔法を解いたヒグレが、王国騎士の鎧を着ていたことを思い出す。

鎧を着込むことで臭いを誤魔化したのだろう。彼の香りは独特だったから、まんまと騙《だま》されてしまった。

ならば、吸血鬼《ヴァンパイア》の方の匂いを……と思ったが、今の一瞬で随分距離を取られてしまった。

氷零竜《ひょうれいりゅう》バラフリリスが混じっているといっても、ルルンは人類種《ヒューマン》。長距離を嗅ぎ分けるほどの嗅覚は備わっていない。

「で、でも……逃げてたら、マイヒメ・ヒイラギは助けられないですよ……ぅ」

ルルンはヒグレたちを探すことを諦め、氷塔の上へ戻る。

マイヒメが磔《はりつけ》にされていることを確認し、彼女を死守する位置に立った。

「今、殺しちゃおうかな……希少種なんて死んだ方がいいもん。でも、ハランさんに怒られるかな。腕の一本くらいなら、いいかな！」

ルルンはマイヒメの頬を撫《な》でる。

わざとらしい大声を出すが、反応はなし。

辺りはしんとしていて、ヒグレたちが出て来る様子はない。

「殺したいなら、好きにしたらいい」

代わりに、マイヒメが答える。

「リリ！　ヒグレ君！　来ないで！　そのまま逃げてッ！」

「あの、勝手に喋《しゃべ》っちゃダメです」

ルルンはマイヒメの頬を思い切り叩いた。

「うぐ……ぅ、ダメよ。ヒグレ君！　リリ！　あなたたちまで捕まったら、わたしがここにいる意味がないわ！」

それでも、マイヒメは懲りることなく、更に大きな声で叫ぶのだった。

◇

「はあはあ……っ、ミスティに貰《もら》った眠り粉のおかげで助かったな」

肩で息をするヒグレは、王国騎士の鎧を脱ぎ始める。

ミスティの一家に伝わる、どんな魔獣にも効くという眠り粉。

それで王国騎士の一人を眠らせ、鎧を奪った。ルルンが追ってこられなかったということは、ちゃんと匂いは誤魔化せたのだろう。

「ヒグレさん。マイヒメちゃんは、ああ言ってますけど、どうします？」

中央広場から少し離れた住宅街。

その路地裏に座り込み、ヒグレとリリティアは息を荒らげていた。

「あいつ、意外と天邪鬼《あまのじゃく》だな。本当は俺たちの助けを期待してるくせに。信じてるくせにな」

「同感です」

一度は撤退したものの、両者の瞳には力強い炎が灯《とも》ったまま。

確認するまでもなく、二人の意志は同じ方向を向いていた。

だが、状況は芳しくない。

時間をかけて不利になるのはヒグレたちの方だ。今日のチャンスを逃せば、マイヒメの救出は不可能になると言ってもいい。

「でも、どうしますか？」

ルルンの底は未《いま》だ見えない。

正面から戦って、どうにかなる相手じゃない。

「……それこそ、奇跡でも起きない限りムリです」

「いるだろ、奇跡の異世界人。ササキ・ヒグレが！」

「……！」

「ほら、何か起こせそうな感じしないか!?　なんたって異世界から来た勇者だぞ！」

ヒグレの調子のいい言葉に、リリティアはバッと顔を上げる。

「何か作戦でもあるんですか!?」

「作戦はない！」

自信満々に言い放つヒグレ。

リリティアはノータイムでヒグレの頬を摑《つか》んだ。

ニコニコ笑みを浮かべているが、目は笑っていなかった。

「期待して損しましたぁ！」

「いはひ……まっへはなひきいてふへ！」

頬を摑まれたまま、必死で訴えかける。リリティアはフニフニと一通りヒグレのほっぺを堪能してから手を離す。何故《なぜ》か満足げだった。

「ちょ、待って……ツッコミ早いって。何もないわけじゃないぞ。でも、これは作戦とはいえない……ほぼ博打《ばくち》だ」

成功する根拠はなく、成功したとしてルルンに通じる保証はない。

でも、賭けてみる価値はある。

それこそ——奇跡を望むのであればこれ以上ないロマンチックだ。

「え、本当に何かあるんですか……？」

リリティアは、再び期待に満ちた瞳をヒグレに向ける。いや、期待だけじゃない。不安も感じる。それでも何とか足掻《あが》こうと、前を向いて逆境に抗《あらが》おうとする者の強い瞳だった。

だから、きっと大丈夫だとヒグレは思った。

「俺を信じてくれるか？」

リリティアは目を大きく見開く。

そして、懐かしむように、ふと笑みを浮かべた。

何を思い出しているかは、よくわかった。ヒグレも同じだったから。

「あの時と、逆ですね」

初めて、リリティアと出会ったとき。

家を出た瞬間——そこは、異世界だった。

見知らぬ景色。遠くに見える王城。ローズピンクの髪を揺らす吸血鬼《ヴァンパイア》の女の子。

魔獣に襲われ、初めて魔法を見て、王国魔道特別部隊のハランと戦った。めまぐるしく変わる展開の中「私を信じてくれますか？」そう言うリリティアにそそのかされて、キスをした。

それから、王都を案内され、マイヒメや、希少種の子供たちに会った。リリティアたちが置かれている現状を知り、冒険者ギルドへ入り、再び王国魔道特別部隊の魔道士と戦い、子供たちが攫《さら》われ、ルルンと対峙《たいじ》し、お姉ちゃん（？）ができて——。

この世界に来て、ずいぶん経《た》ったように思えるが、まだ約一週間。

ヒグレの十七年の中で、一番濃密な一週間だった。

そう。まだ、ヒグレの異世界生活は始まったばかりだ。

「私のことは、リリと呼んでください。親しい者は、みんなそう呼びますから」

ヒグレとリリティア。

まるで、世界に二人きりとでも言うように、見つめ合う。

「ああ。ありがとう、リリ」

ヒグレが正面から、リリティアの両肩に手を置く。

それだけで何をするか、リリティアもわかったのだろう。

全てをヒグレに委ねるように、ゆっくりと目を閉じた。

長い睫毛《まつげ》。きめ細かな白い肌。柔らかそうな唇。

徐々にリリティアとの距離を詰め、ヒグレから。


そっとキスをした。


リリティアは唇を探るように、柔らかな舌を当ててくる。這《は》わせてくる。唇を解《ほど》くように吸ってくるから、ヒグレも負けじと舌を出して、求めあう。

「ん……ぁ、はぅ」

角度を変えて何度もキスをする。

リリティアが口の中に舌を入れ、まさぐる。

ねっとりと舌を動かし、唾液が混じる。

リリティアのものか、自分のものかもわからない体液が、顎を伝う。

そんなのも気にならないほどに、強く貪り合う。

互いを満たし合うように、また押し付け合うように、混じる。

「んぐ……ぁ、じゅるっ、じゅるるっ。はぁっ、んん」

唇を貪り合う下で、互いの手を強く握る。唇の動きに合わせて握ったり、離したり、まるで最適なカタチを探るように指先を這わせて、最後にはがっちりと指を絡めて握りあう。

「ぁ、すごい……ヒグレふぁん、これ、あっつぃ……んん」

かつてないほどの、熱を感じた。

リリティアが自分の中に流れ込んでくる。ヒグレがリリティアを満たしていくのもわかる。二人の熱が混じりあって、まるで新たな生命でも練り込まれているのじゃないかと思うほどに、甘美で、心地いい。

「ぁん……きもち、ぃい……じゅぷ、んん」

熱だけじゃない、リリティアの想《おも》いも流れ込んでくる。

例えば、不安とか。それを上塗りするほどの期待とか、ヒグレに対する信頼とか。マイヒメを助けたいという強い願いとか、心のよりどころだった白き英雄のこととか、家族と

か、蕩《とろ》けそうな程に気持ちがいいこととか。

そして、それらがヒグレの中で練り込まれて、身体《からだ》を巡っていく。

ヒグレとリリティアの境界が曖昧になって、溶けあって、まるでこの一瞬、互いが互いに全ての感覚を共有したかのような全能感に支配される。

そして、思考が白く明滅するような感覚に襲われ、無限に思える時間は終わりを告げる。

「ぷはぁ……はあはあっ、ふっへっへ、きもちかったぁ……」

唇を離したリリティアはとろんとした表情を浮かべていた。

僅かに開いた口から見える糸を引く唾液が、煽情的《せんじようてき》だ。頬は僅かに上気しており、身体は弛緩《しかん》している。そのまま、倒れ込むように、ヒグレの胸元に体重を預けてきた。

「でも、ヒグレさん、激し過ぎますぅ」

ヒグレは、優しくリリティアを受け入れる。

身体は僅かに汗ばんでおり、息も荒い。全力疾走でもしたかのようだ。それもそのはず。

ヒグレが魔力を与えた以上に、リリティアも強い想いを熱として託してくれたから。

ヒグレはリリティアを労《いたわ》るように、ローズピンクの髪を梳《す》く。

思考を切り替え、覚悟を染み渡らせるように細く息を吐く。

いつか憧れた自分の姿。

捕らわれたマイヒメ。

信頼を寄せてくれるミスティ。

ヒグレを信じて想いを託してくれたリリティアに報いるためにも。

何より、過酷な異世界で面白おかしく生きるのだ。そのために必要なのは——。


「見つけました」


悠長な思考を割るように、冷えた声音が響く。

身が竦《すく》むような冷気を感じ、振り返る。

そこには、ブルートパーズの髪を揺らし、手のひらに魔力を集約させるルルンの姿があった。魔法陣が展開。冷気が編まれ、氷槍《ひょうそう》が形成。ヒグレに向けて射出されたそれは——ヒグレの腕の一振りで搔《か》き消された。

正確にはヒグレが振るった腕に合わせて放たれた、白光に。

「な、え……っ？」

ルルンの表情に強い狼狽《ろうばい》の色が浮かぶ。

それはまるで空間そのものを削り取るような光だった。消しゴムでもかけるように、空間に描かれた悉《ことごと》くを消し去る。ルルンの射出した氷槍、そして、白光が触れた壁に初めから存在しなかったかのように、ぽっかりと穴が空いていた。

「なんですか、それ。知らないです……ぅ、そんなの聞いてないっ！」

ルルンは慌てて追加の氷槍を形成、今のはまぐれに違いないと、ヒグレへ向かって打ち出した。至近距離で放たれた氷槍がヒグレに殺到するが——ヒグレは微動だにしない。

「悪い。多分まだ加減できねえ」

リリティアを守るように抱き寄せると、再び腕を振るった。

「——ぇ？　あ、へ？」

合わせて溢《あふ》れ出た白い光が、氷槍を舐《な》め溶かす。その勢いのまま、ルルンの横の民家が白光に触れ、音もなくぽっかりと消え去った。

「楽しく生きるには、理不尽に抗う力が必要だよな」

立ち上がったヒグレは、真っすぐルルンを見つめ細く息を吐く。

——固有魔法は過程を無視して、習得の確信だけを残す。まるで、翼など産まれた時から生えていたかのように。魚が泳ぎ方を忘れることなどあり得ないように。

今なら、マイヒメの言っていたことがよくわかる。

【隠密《ヒドウン》】の時は半信半疑だった。しかし、己の力への理解が深まってから、やっと自分の手足のように、力が馴染《なじ》むようになった。何ができて、何ができないのか。

賭けには勝った。

ヒグレに芽生えた固有魔法は、王国最強に通じるぞ。

「そうだろ？　ルルン」

◇

砂煙の中から、弾《はじ》き飛ばされたルルンが中央広場の石畳を転がる。上手《うま》く受け身を取り、石畳を削りながら停止。すぐさま、氷塊を生成し砂煙へ向かって射出。

氷塊の弾幕が砂煙を貫くと――そこには誰もいなかった。

「――っ、透明化の魔法……！」

気づいた時には、もう手遅れだ。

ヒグレは既に、ルルンの真横へ迫っている。

「おせえよ――【白《アイン》】」

ヒグレに新たに発現した固有魔法――【白《アイン》】が発動。

腕を薙《な》ぐのに合わせて、白光がルルンを飲み込んだ。

ルルンは咄嗟《とっさ》に氷塊を纏《まと》わせてガードするが、それもあっけなく剝ぎ取られる。白光に籠手《こて》も剝がされ、細い腕に火傷《やけど》跡のような傷が滲《にじ》んだ。

「――っぅ!?」

それからもルルンは氷の魔法を使って攻撃と防御を同時にこなすが、その全てをヒグレの【白《アイン》】で剝がされる。ルルンの攻撃はヒグレに届かず、ルルンはヒグレの攻撃を防ぐだけで精一杯。中距離戦は分が悪いと思ったのか、ルルンは距離を詰めようとするも、悉くを一瞬で滅する【白《アイン》】に手を焼いていた。

「……すごい、あのルルンさんと互角？」

ヒグレとルルンの攻防を見たリリティアが、思わず声を漏らす。

直視すれば網膜が焼き付いてしまうほどの眩《まばゆ》い白光。

触れた物を初めからなかったかのように溶かし、滅する絶対の光。

白光を纏って戦うその姿はまさに——白き英雄。

「それどころか、ヒグレさんが押してる……っ」

いつか絵本で見た、英雄の姿と目の前のヒグレの姿が重なる。

皆に力を分け与え、常に最前線で戦う強くて優しい白き英雄。

大変な時、心が弱った時、どうしようもなくなった時に、いつも考えてしまう。英雄が現れて、自分を救い出してくれてハッピーエンド。なんて都合のいい無責任な夢。その度に、弱音を吐くなと己を奮い立たせてきた。

それでも、今日は、今日だけは頼ってもいいだろうか。

「ヒグレさんが……私の英雄」

リリティアは白光を纏い戦うヒグレを見て、口元を押さえ、一筋の涙を流した。

ヒグレが、この固有魔法を発現させたのは偶然じゃない。

――無休の魔力を授け、願いを力と変える口づけを。

これが、ヒグレを――無休の箱《エリシオン》を喚《よ》び出す禁書に書かれていた文言だ。

誰もが知る無休の箱《エリシオン》の特筆すべき能力は――無尽蔵の魔力。

だが、もう一つ、実《まこと》しやかに囁《ささや》かれる能力があった。無尽蔵の魔力以上に話が広まらなかったのは、あまりにも荒唐無稽過ぎたからだろう。

「人々の願いを聞き届け、新たな魔法を創造する。マイヒメちゃんは気づいていたんですよね」

ヒグレの力は、無尽蔵の魔力を譲渡するだけに留《とど》まらない。

新たな固有魔法の発現こそが、ヒグレの力の真価だったのだ。

固有魔法の発現には条件がある。

今回、やっとその条件がわかった。

ヒグレも気づいていたのだろう。気づいていたから、この状況でリリティアにキスを求めた。

「絆《きずな》を結んだ相手との口づけ。私がヒグレさんを心から信頼し、期待したから……私の願いを汲《く》み取って、新しい魔法を発現させた」

リリティアのルルンを倒したいという願いと白き英雄への憧れ。

　そして、発現した魔法は悉くを滅する絶対的な白光。

【隠密《ヒドウン》】の発現も同じくマイヒメとのキスがトリガーとなったものだろう。

「ヒグレさんたちに無事に逃げて欲しい。そして何より、助けに来て欲しかったから。だから、透明化の魔法が発現した。そうですよね？　マイヒメちゃん！」

　未《いま》だ、ヒグレの優勢は変わらない。

　防御と回避に徹したルルンに、容赦なく【白《アイン》】を浴びせるヒグレ。

　何度も、何度も、何度も、何度も白光が煌《きら》めき、しかし、ヒグレの勢いは止まらない。

「お、おかしいですっ！　どうしてですか!?　そんなデタラメな魔法を連発して、どうして魔力切れしないんですか!?」

　痺《しび》れを切らしたルルンが後ろ跳びで、大きく後退した。

　息は荒く、身体の所々からは血が滲んでいる。

「知りたいか？」

　ヒグレの問いかけに、ルルンは喉を鳴らした。耳を澄ませるように呼吸を止める。

　それを見て、ヒグレは静かな、しかし確かな圧のある声を以《もっ》て返した。

「格の違いってヤツだ」

　一瞬。静寂が流れる。

　そして、ルルンは身体をぷるぷると震わせる。奥歯を噛《か》みしめ、拳を強く握ると。

「――っ、弱っちい人類種《ヒューマン》のクセに！　滅ぼしてやるッ！」

叫んだ。

初めて聞いたルルンの怒号。身体中《からだじゅう》から冷気が漏れ出し、瞳からは光が消える。口角は不自然に吊《つ》り上がっていた。

それだけの強さを持ちながら、おどおどとした印象が拭えないルルン。いつも申し訳なさそうに剣を振るい、なにかのついでのように適当に敵を倒す。そこに激情は感じられない。

しかし、今、ルルンの全てを怒りの感情が塗りつぶしていた。

「その程度で強くなっただなんて勘違いしちゃったんですね？　わたし、全然本気なんて出してないのにッッ！」

ルルンは腰に吊り下げたレーヴァテインの柄《つか》に手を掛ける。

腰を落とし、悲鳴のような耳鳴り音を轟《とどろ》かせて、その刀身を現していく。

「嘘《うそ》、ですよね……」

大地が震撼《しんかん》し、空気が凍え、震えあがる。

滅竜剣レーヴァテイン。氷零竜《ひようれいりゆう》バラフリリスの素材を使った伝説級の剣が抜かれ、ルルンの小さな手に収まった。

「ルルン様！　こんなところでレーヴァテインを抜いてはいけません！」「ハラン様に叱

られますよ！　ルルン様！」「剣を納めてください！」

怒り狂ったルルンを見て、魔道騎士たちは、慌てて声を上げる。

だが、ルルンは魔道騎士たちの言葉など一顧だにせず、レーヴァテインを構えた。

刃からは冷気が漏れ出し、辺りの温度が一気に低下したように感じる。

吐く息は白く、腕には鳥肌が立つ。

汗が冷え一気に体温が奪われ、ぱりぱりと服が凍るような音が聞こえる。

曇り空も相まって、雪山にでも跳ばされたかのようだ。

だが、目に映る景色は何一つ変わっていない。

ただ目の前の少女が剣を抜いた、それだけだ。

「く……っ、退散！　巻き込まれる前に退散だ！」

ルルンに声が届かないとわかった魔道騎士たちは、各通路の守りを放棄して一目散に逃げだした。背を向けて全速力で、ルルンから距離を取る。

走る魔道騎士を横目に見ながら、ヒグレは動けずにいた。

寒さと恐怖で震える体。歯を食いしばって腕を持ち上げるも、【白《アイン》】を撃てないでいた。

倒せるビジョンが全く見えなかった。

ルルンが剣を下段に構える。

「ヒグレさん！　逃げてッ！」

と同時にリリティアの金切り声が響いた。

「おしまい、ですッッ！」

ルルンが剣を振り上げる動作をすると、氷山とも見紛《みまご》うほどの氷がせり上がった。地面から氷の山が生えた。曇りなく、混じりけのない美しい氷塊。それはいとも容易《たやす》くヒグレを飲み込み、氷塔と同じ高さまで突き上がった。

◇

「ヒグレ君！　起きてっ！　ヒグレ君！」

一瞬、意識が飛んでいた。

それがマイヒメの声に引き戻される。

「マイ、ヒメ……」

目の前には磔《はりつけ》にされたマイヒメ。

ヒグレの胸から下は氷に飲み込まれており、氷山はちょうど氷塔の天辺《てっぺん》と同じ位置までせり上がっていた。寒さに体が震える。氷に埋まった下半身には血が滲んでいるものの、幸か不幸か痛みはなかった。氷漬けにされて、感覚がないのだ。

新たな固有魔法を覚え、たった一人であのルルンと互角以上の戦いを繰り広げた。全く勝機の見えなかった今までとは違う。キスで固有魔法が発現するという仮説は証明され、その魔法についても当たりを引いたと考えていいだろう。

マイヒメは、手を伸ばせば届く距離に居るのだ。

後は、少しでもルルンの動きを止められれば――。

「ありがとう……もう、十分だわ」

高速回転するヒグレの思考に割り込むように、マイヒメの弱々しい声が響く。

「は、はあ？　んだよ、ここまで来て」

「レーヴァテインを抜いたルルンに勝てるわけない、もの。リリを連れて逃げて？　今のヒグレ君なら逃げられる、よね？」

マイヒメは優しい声で、幼子に言い聞かせるように言った。

でも、彼女の身体は僅かに震えていた。頬にも涙の跡が残っている。

「わたしは平気よ。お姫様だもの」

誰が見ても一目瞭然だ。平気なわけがない。

私はお姫様だから、と自分に言い聞かせなければならないほど弱っているじゃないか。

当然だ。マイヒメは、ヒグレと変わらない歳《とし》の女の子なのだ。

「すごいな、マイヒメは」

「……え？」

「こんな過酷な世界で、強くならなきゃいけなかったんだもんな」

お姫様という重責を背負わされて、それでも後ろ向きな姿は一切見せず、率先して危険に飛び込んでいく。背中で仲間を鼓舞し、きっと、あのジョークも彼女なりに場の空気を和らげようとしてのことなのだろう。

ヒグレは細く息を吐き、考える。

自分には何ができるか。

何をすべきか――嗚呼《ああ》、それなら決まっている。

「ヒグレ君、後ろ！」

ヒグレに影が差し、マイヒメはハッと顔を上げた。

「――ッ」

しんどい。本当にしんどい。

でも、決めただろ――。

「しんどい時こそ、前向きに」

絶対に不安は表に出さない。

マイヒメが安心して任せられるように。

期待を寄せられるように。

どれだけ弱かろうと、強く在ろうとすることだけはできるはずだから。

「俺に任せろ、マイヒメ」

ヒグレは努めて平静に、力強い声を発す。

【白《アイン》】を発動してヒグレを拘束していた氷塊を破壊し、脱出。

背後に迫っていたルルンが打ち出した氷槍《ひょうそう》を白光で掻《か》き消した。

その余波で氷山が削れ、意図せず土俵のようなフィールドができた。地面まではビルの四階くらいの高さがある。落下すればただでは済まないだろう。周りの建物から一つ抜けた高さにある、この場所には障害物がなく、逃げ場もない。

「プリン三つ」

背後のマイヒメに向けて、三本の指を立てる。

「……へ？」

「買ってやる約束だったよな」

両手を上げて、十本の指をアピール。

「でも、マイヒメは頑張ったから、十個買ってやる」

ヒグレはレーヴァテインを構えるルルンと対峙《たいじ》する。

下半身の感覚はなく、気を抜けば今にも倒れてしまいそうだ。身体には所々に氷が張り付いていて、関節が錆《さ》びたかのような違和感がある。

だが、ヒグレはそれを覚《さと》られないように、毅然《きぜん》とした態度で立っていた。

「あなたは人類種《ヒューマン》ですよね？　どうして希少種の肩を持つんですか？」

「あ？　知らねえよ。勝手にテメエらのくだらねえ価値観押し付けんな」

「希少種がどんな存在か知らないんですか？　何でもルーツは魔獣と同じだって話もありますよ。人類の敵ですよね。だから、霊崩災害《れいほうさいがい》なんて天罰も下ったのに、まだわたしたちの邪魔をしようとするんです。許せないと思いませんか？　そこのお姫様なんて、特に平和を乱してます」

　ルルンは、ただ真実を述べるように淡々と語りかけてくる。命を懸けてまで希少種を庇《かば》うヒグレを本気で理解できないと、そう思っているのだろう。

「知らねえって言ってんだろ！」

　だが、全く共感できない言い分だ。

　ルルンの言葉は、ふつふつと怒りを湧き上がらせるだけだった。

「俺ぁ異世界から来たからな！　この世界の歴史とかどうだっていいんだよ！　たとえ、マイヒメの祖先が世界を滅ぼしかけた極悪人だろうと、俺はマイヒメを助けるぞ！」

　つまらないジョークを言って満足げなマイヒメ。無表情だが、それ以上に尻尾が雄弁で意外と何を考えているかわかりやすい。不思議なところもあるが、誰よりも仲間想《おも》いで、意志が強い。

　ヒグレが見て来たのは、そんな彼女の姿だ。

それがどうして、死ぬべきだなんて宣《のたま》うことができようか。

「どうして？　そんなの絶対許されない！　希少種は、世界から拒絶されたんです！　淘《とう》汰《た》されるべき存在なのに！」

「ごちゃごちゃうるせえええええ！」

ルルンの主張を掻き消すように、叫び。

ヒグレはルルンに向けて一直線に駆けだした。

「生きるのに誰かの許しなんていらねえんだよ！」

「と、止まってくださいッ！」

ルルンはレーヴァテインを横に一閃《いっせん》。

その軌跡をなぞり半円形に氷撃が打ち出される。触れた悉《ことごと》くを凍《い》てつかせるような濃密な魔力。劈《つんざ》くような耳鳴り音を響かせながら迫る氷撃に——ヒグレは思い切り白光を叩《たた》きつけた。

「それでも、マイヒメたちを否定するって言うなら、俺がそれ以上の言葉で肯定してやる！」

白光が氷撃を飲み込み、弾《はじ》けた魔力が一帯を氷漬けにする。衝撃波でガラスが割れ、石畳から、民家に至るまで全てが凍り付く。まるで王都の中心にのみ氷河期が訪れたかのようだ。

口からは白い息が零《こぼ》れ、下半身がひび割れるように痛む。

それでも、ヒグレは脇目も振らず走る。

「――ッ!? どうして、距離を」

ヒグレに徒手空拳の心得はなく、白光も中距離で真価を発する魔法だ。

比べて、ルルンはレーヴァテインを携えており、近接戦闘にも優れている。

ヒグレが距離を詰めるメリットは一つもないように思えたのだろう。

理解ができないと表情を歪《ゆが》ませるルルンは、気圧《けお》されたように、数歩後退する。

「……ぁ」

そして、脚を踏み外す。

ここは氷山の上。地面まではビルの四階ほどの高さはある。

踏ん張ろうともう片方の足に力を入れるも、氷で滑る。身体《からだ》が宙に投げ出され、しかし、その腕をヒグレが掴《つか》んだ。

「逃がさねえぞ」

この程度の高さから落ちたところで、ルルンなら傷一つ負わないだろう。

魔力が切れる様子もなければ、レーヴァテインを抜いて攻撃力は上がっている。【白《アイン》】を使っても氷の魔法で上手《うま》く対応されてしまうし、レーヴァテインに秘められた力がこれだけだとは思えない。

だから、確実にルルンを仕留められる状態にしなければならない。

ヒグレはルルンを力いっぱい引き上げると。

キスをした。

「……んんっ！？！？」

ルルンは驚愕《きょうがく》に目を丸くし、動きを止める。

理解が追い付いていない。状況が理解できない。そんな表情だった。

ヒグレは今がチャンスだと言わんばかりに荒々しく唇を押し付ける。リリティアやマイヒメとしたような、優しく甘美なキスではない。

二人とのキスで、己の中の魔力を注ぐ感覚が実感できるようになった。譲渡する魔力の大まかなコントロール。負担を掛けないような方法。逆に加減をせず、ただ魔力を押し込むだけの荒業も。

「う、ぐ……うぷ」

ヒグレは己の魔力のありったけをルルンにぶち込んだ。

譲渡だなんて生易しいものじゃない。タガを外し、ヒグレの魔力のできる限りをぶち込む。ルルンの魔力はいらない。ただ、ヒグレのモノを一方的にねじ込んだ。

そして、ついにルルンがヒグレを突き飛ばし、唇を離す。

「あぐぅ……っ」

と。

その場に崩れ落ちて、嘔吐《おうと》した。

「おえええええ――ぅ」

痛そうに額を押さえ、酩酊《めいてい》したような様子で上手く立つことすらできないでいる。忌々し気にヒグレを睨《にら》み、脚を縺《もつ》れさせて再び地に伏した。

「魔力過食症。一度に魔力が入り過ぎるとキツイんだったよな？」

唇を拭ったヒグレは、四《よ》つん這《ば》いになるルルンを見下ろして言った。

リリティアから聞いた知識が、ひょんなところで役に立った。

体内の異常には、さすがのルルンも無敵ではないようだ。

ルルンは魔法を発動しようと魔力を練るが、上手く発動できないようで不格好に冷気が散るのみ。息を荒らげ、氷の床を叩いて嘔吐《えず》く。

「こ、これが……無休の箱《エリシオン》……？」

顔を上げたルルンは、呆気《あっけ》に取られたように呟《つぶや》いた。

白く可視化する息。鉛のような雲が晴れ、温かな陽光が差す。

「終わりだ、ルルン――【白《アイン》】」

ヒグレは魔法を発動し、白光がルルンを飲み込んだ。

◇

「助けに来たぜ、お姫様」

ルルンが氷山を形成してくれていたのが幸いした。氷山から氷塔の天辺《てっぺん》へ飛び乗り、マイヒメの下《もと》へ駆けつける。コワス君を使い、魔封じを解除。荒縄も同じように引き裂き、マイヒメを解放した。

マイヒメは縛られていた手首をさすり、瞳を潤ませてヒグレを見つめる。

「ヒグレ君、震えているわ」

「……寒かったからな」

ヒグレの強がりを察してか、マイヒメは優しく微笑《ほほえ》んだ。

それから、ヒグレの傷を見て痛ましそうに目を伏せる。

「ごめんなさい。わたしのせいでこんな……痛かったでしょう？」

氷も解け始め、脚にも感覚が戻ってきた。今までアドレナリンで誤魔化せていた痛みも徐々に表に出始め、骨にヒビが入っているのか、脚がズキズキと痛む。

「これくらい屁《へ》でもねえよ。それより、マイヒメの方が大変だったろ。一人で心細かったよな。痛いし、怖かったよな」

「わ、わたしは別に……お姫様だから……」

染みついたような、毅然《きぜん》とした無表情。

こんな状況でも、マイヒメは強くお姫様で在ろうとする。

「ごめんな、あのとき、隣に立って一緒に戦ってやるって、そう言えればよかったな。でも、そこまでの勇気はなかったんだ」

マイヒメが、一人で子供たちを助け出すと飛び出したとき。

ヒグレはマイヒメにお姫様であることを押し付けてしまったのかもしれない。

「そんなこと……わたしは、ヒグレ君のおかげでがんばれて……」

「だから、今くらい、普通の女の子でいいんじゃねえの？　他に誰もいないことだしさ」

「…………っ」

「カッコよかったぞ。マイヒメが折れずにいたから、俺も頑張れた。ありがとな」

マイヒメの頭に手を置いて、優しく撫《な》でる。

不安や恐怖から解放され、緊張の糸が切れたマイヒメ。ヒグレの一言で限界を迎えたのか、堰《せき》を切ったように涙を溢《あふ》れさせる。

「うぅ……ぁ、あああぁ――っ」

ヒグレの胸に抱き着き表情を崩す。

恥も外聞もかなぐり捨てて、涙を流した。

「怖かった……怖かったよぉ……っ」

まるで普通の女の子のように泣きじゃくるマイヒメ。
いいや、まるでじゃない。彼女は普通の女の子だ。
強いお姫様を演じなくてはならなかった、普通の女の子。
今までずっと己を律して頑張ってきたのだろう。
一人で捕らわれて不安だっただろう。
だから、自分の前だけでも肩の力を抜けたら、とヒグレは強く想《おも》う。
もし、この子にとっての特別に——英雄になれたら、これほど嬉《うれ》しいことはない。
それからヒグレはマイヒメが落ち着くまで胸を貸し、頭を撫で続けたのだった。

エピローグ

「痛いってえええええ、もうちょっと優しくしてよおおお」

あれから三日が経《た》った。

マイヒメを救出したヒグレたちは、無事セーフティーハウスに帰還。

その後、ヒグレは傷の治療のためにほぼベッドで寝たきりの生活を強いられていた。凍傷が酷《ひど》く、骨にも幾つかヒビが入っている。後、今は治まったが昨日までは熱があった。

治癒魔法を使えるミスティが傷を診てくれているのだが、その治癒魔法というのが思ったよりも痛かった。

「ごめんね、弟クン。でも、これが一番早く治るから。がんばってて偉いね。できることなら、お姉ちゃんが代わってあげたいけど……」

「治癒魔法って、もっと一瞬で痛みもなく傷が治るようなの想像してたのに……キツすぎ」

「あくまで自己治癒能力の活性化がメインですからね。あまり、無茶な治し方をしても身体に負担がかかりますし、これは仕方ないです」

丸椅子に座ってリンゴの皮を剝《む》くリリティアが答える。

「そういうリリは一日も経たず全快になってたよな!?」

「可愛《かわい》いリリちゃんに傷は似合いませんからね！」

「吸血鬼《ヴァンパイア》の自己再生能力は全種族でトップクラスなの。弟クン、ファイトだよ！」

ミスティが、ヒグレの手を握りながら言った。

子供たちも全員無事で、リリティアもミスティも痕に残るような傷はなく、マイヒメも無事救出することができた。これだけの大立ち回りを演じてヒグレが少し消耗しただけなら上等だと言えるのだが……それはそうと、痛いものは痛いのである。

「痛いのあんま慣れてないんだよ……ひぃん」

ヒグレは、肩を回して身体《からだ》の調子を確かめる。

食欲は戻っているし、熱があった昨日までと比べれば体調は随分よくなった。

激しい運動は無理そうだが、普通に生活する分には不便もないだろう。

「そういえば、マイヒメは？」

「隣の部屋に居ると思いますよ！　様子見に行きますか？」

「そうだな……」

昨日までは思考に余裕はなく、意識も朦朧《もうろう》としていた。

マイヒメが近くに居てくれたのは何となく覚えているものの、あれからちゃんと言葉を交わしてはいなかった。しっかりと彼女の無事を確認したいという思いはある。

「なら、お礼を言ってあげてください！　責任を感じてか、ヒグレさんのことも付きっ切りで看病していましたから」

リリティアは一口サイズのリンゴを差し出しながら、「もちろん、私もがんばりましたよぅ」と笑みを浮かべた。リンゴの瑞々《みずみず》しく、甘い風味が口の中に広がり、思わず頬が緩む。

それを見て、リリティアも一口パクリ。「ん～、おいひぃですぅ」と口元をほころばせた。その後に、「ヒグレさんには劣りますけど」なんておどけなければ、完璧だった。

「ありがとな、リリ。ちょっと行ってくる」

大げさに支えてくれるミスティの助けで起き上がり、部屋を出る。

リリティアとマイヒメの自室となる隣の部屋をノックすると。

「ん。入っていいよ」

マイヒメの柔らかく平淡な声が返ってきた。

ヒグレは扉を開けて、思わず間抜けな声が漏れる。

「なぁ――ッ!?」

絹のような白髪とゆっくりと左右に揺れる尻尾。

シャツで僅かに隠れた、控えめだが形のいい胸。胸から臍《へそ》までうっすら伸びた腹筋と、陶器のように白いおみ足。秘部が布で僅かに隠れ、また、それは角度を変えるか、少しの衝撃で露《あら》わになってしまいそうで、下手な全裸より煽情的《せんじようてき》に思える。

目の前には、薄い部屋着を羽織っただけのマイヒメがいた。

わかってか、何も考えずか、マイヒメは不思議そうに首を傾《かし》げる。

「お、お前……っ、俺ノックしたよね!?　なんで服着てないんだよ！」

「部屋だと、いつもこんな感じ、だよ」

「ああ、リリが来たと思ったのか？」

「ううん。リリならノックはしないわ。これは、サービス？」

マイヒメは両手でピースサインを浮かべて、小首を傾げる。

尻尾は規則的にゆらゆら揺れている。ご機嫌そうだった。

「……反応に困るんだけど」

「でも、ヒグレ君はよろこんでるよ。なんだかんだ、目も逸《そ》らしてないし」

「………………っ」

指摘されて、ヒグレは慌てて後ろを向いた。

だが、それはマイヒメの指摘を肯定するようなもので、彼女もそれがわかってかくすりと笑う。

「付きっ切りで看病してくれたんだって？　ありがとな」

「やりたくてやったことだから」

「怪我《けが》はなかったか？　もう平気なんだよな」

「ヒグレ君に比べたら、大したことない。怖かったでしょう？」

「別に……」

嘘《うそ》だ。今思い返すと、めちゃくちゃ怖かった。

先のルルンとの一戦。

戦闘中はアドレナリンのおかげで無敵モードだったが、異世界に跳ばされた初《しょ》っ端《ぱな》で王国最強を相手にするとか意味がわからない。冷静に考えたら、いつ死んでもおかしくない戦いだった。

「でも、あんな大立ち回り、もう一生できないからな……」

迫りくる氷と、ルルンの宝剣を思い出して顔色を悪くするヒグレは、ぼそりと呟《つぶや》いた。

もう絶対に無茶な戦いはしないぞ、と密《ひそ》かに心に決める。

「それは、嘘ね」

「嘘なもんかよ。もう、絶対あんな無茶しねえ」

「そう言いつつ、ヒグレ君は、きっと助けてくれるわ」

「いいや、今回だけだね！」

「どうせ駆けつけてくれるでしょ？」

「今回だけだって！」

そう何度も命を懸けられるものか。今回の一戦で、運を全て使い果たしたと思っている。

ヒグレは弱いのだ。ただのパンピーなのだ。それを忘れて貰《もら》っちゃ困る。

「でも、わたし、ヒグレ君の前では、ただの女の子だわ」

トントントン、と軽快な足音。

ふわりと太陽のような香りがして、背中に緩やかな衝撃と熱。

控えめな胸の感触と心地のいい温《ぬく》もりに、マイヒメに抱き着かれたのだと覚《さと》る。

「……女の子、そうだな」

たしかに、調子に乗って、そんなことを口走った気がする。

「ただの女の子のわたしを助けてくれない、の？」

マイヒメはヒグレの背中に額を擦《こす》りつける。

僅かな隙間さえ惜しいと言わんばかりに身体を寄せる。

荒い息遣いも聞こえる。なんだか、マーキングでもされている気分だ。

「……助けられそうだったらな」

マイヒメの支えになってやりたいと心底思った。

マイヒメが、ヒグレの前だけでも肩の力を抜けるのなら、それが一番いい。

ただ、ヒグレには大した力はない。

あまり期待されると困る。嬉しいけれど、困る。複雑な心境だった。

「ふふ、ヒグレ君なら、そう言ってくれると思ったわ」

マイヒメは弾むような声音と共に、ヒグレの正面へと回り込む。

そのまま、ダイブするようにヒグレに抱き着いた。

「わ、ちょ……お前、せめて服！」

マイヒメは、胸元に顔を擦りつけ「ふはーぁ」と恍惚《こうこつ》とした笑みを浮かべていた。すんすんと鼻をひくつかせ、更に顔を擦りつける。

そして、しばらくして満足したのか、やっとヒグレの方を見た。

長い睫毛《まつげ》に、紅の瞳。不思議そうに、こくりと小首を傾げる。

「ない方が嬉しかった？」

「逆だよ！　着ろって！」

「でも、ヒグレ君、えっちな目をしていたわ」

「してねえよ？」

「そう言われても照れ隠しだから、信じちゃダメって教わったわ」

「誰に……？」

おおよその見当はついていながら、問う。

「リリに」

「だと思ったよ！」

「ちょっと待ってね……？」

マイヒメのものとは思えないほど艶《あで》やかな声音。

そっと身体を離す。マイヒメの柔らかな肢体を隠す最後の砦《とりで》たる一枚すらも脱ぎ払おうと腕を抜き――。

そのとき。

「ストォオオオオップゥウウ!!」

大声と共に、勢いよく部屋の扉が開かれた。

むうと表情を歪《ゆが》めるリリティアと、ぷくぅと頬を膨らませるミスティが仁王立ちをしていた。リリティアは、ヒグレとマイヒメの間に割り込み、距離を取らせる。

「今日くらいは見逃してあげようと思いましたが、我慢の限界です！　ちょーっといい雰囲気すぎやしませんか！　えっちな雰囲気すぎやしませんか！」

「でも、ヒグレ君を籠絡しようと言ったのは、リリよ」

「そうですけど！　そうなんですけど……色々思うところがあるというか、いえ、二人の仲がいいのは歓迎すべきことなんですけど……」

リリティアは、複雑な感情を表すように人差し指をつんつんつん。

その間に、ミスティはヒグレの隣に滑り込んでいた。

「弟クン！　お姉ちゃんも……」

ミスティは、逃がすまいとヒグレの腕にがっしりとしがみつく。

柔らかな身体が押し付けられ、全身が硬直するのがわかる。

「お姉ちゃんだって脱げるよ！」

「脱がないでいいよ!?」

ミスティが部屋着に手を掛けたところで。

「あー！　ミスティちゃんまでどさくさに紛れて！」

リリティアの制止が入る。

「あんまり、えっちなことし過ぎないでください！　私のアイデンティティがなくなっちゃうでしょ！」

「安心して、私はあくまでもえっちなお姉ちゃんの枠だから！」

「えっちなお姉さんである私と被《かぶ》ってるじゃないですかぁ！」

「別に、リリはお姉さんではないと思うわ」

リリティアがミスティをヒグレから引き剥がし、その間にマイヒメが迫り、と思ったら、リリティアが乱入してきて、ミスティに腕を引っ張られて――もう、めちゃくちゃだった。

柔らかい感触とか、甘い香りとか、しかし、ヒグレの身体は、そこまで元気な状態でもなくて。

「怪我人！　俺、一応怪我人だから！」

三人に押し倒され、もみくちゃ状態。

騒ぎが収まるまで、ヒグレは三人の下で藻掻《もが》き続けた。


あれから、王都は大騒ぎだった。

マイヒメは奪還され、王国最強の剣と名高いルルンが敗北。

目撃者がほぼいなかったこともあり、ルルンの敗北は公にはなっていない。しかし、人の口に戸は立てられぬというように、ルルンを打ち倒した存在について、王都中でまことしやかに囁《ささや》かれていた。

今のところ、特段警備が強化された様子はないが、早いところ王都を出た方がいいかもしれない。

マイヒメ救出とヒグレの回復祝いということで、今晩の夕食はリリティアとミスティが腕によりをかけて作ってくれた。

ヒグレ、リリティア、マイヒメ、ミスティに加え、無事救出した子供たちも加えてテーブルを囲む。

木製のテーブルいっぱいに料理が並んでいた。鼻孔《びこう》をくすぐるスパイシーな匂い、僅かに湯気を上げる熱々鉄板、普段の節制生活からは考えられない豪勢な食卓に、子供たちも思わず生唾を飲み込む。

ヒグレも早速頂こうと目の前のステーキにフォークを刺したところで。

「あ、でも、それはそうと、ちょっと弟クンにはお話があるかな？」

ミスティから圧のある声が漏れる。

隣のマイヒメが、静かにヒグレの手からフォークを奪った。

「えっと……？」

「私も話したいことがあったんですよぅ。ねえ、ヒグレさん」

「そう言えば、わたしも言っておきたいことがあったわ」

リリティアとマイヒメからも、同じように圧が放たれている。笑みを浮かべているようだが、目が笑っていなかった。どうして怒っているのかわかるよね？　とでも言いたげな様子だ。

え？　さっきまで、あんなに和気あいあいとした雰囲気だったのに？

美味《おい》しそうにご馳走《ちそう》にありつく子供たちの横で、ピリリとした空気が流れる。

子供たちの方を見ると、ノエミと目が合った。すぐに目を逸らされた。口の中にパンを放り込んでいた。危機察知能力が高いようで非常に安心である。

「えー……」

それにしても、全く身に覚えがなかった。

今回の一件で、ヒグレの株は急上昇……ではなかったのだろうか。

「とりあえず、場所を変えようか」

ニッコリ笑顔のミスティに手を引かれ、彼女の自室に連れられる。

ちらり、と子供たちの方を見ると、またもノエミと目が合う。申し訳なさそうな表情でパンを齧《かじ》っていた。助けて、とアイコンタクトを送ると、やはり目を逸《そ》らされた。

「ご飯冷めちゃうよぉ……」

ミスティの部屋に入ると、リリティアがそっと扉を閉める。女の子の自室と考えればドキドキしてもいいはずなのに、牢屋《ろうや》に収容される囚人の気持ちだった。

ベッドに座らされたヒグレは、三人に詰め寄られる。

「本当にわからないんですかぁ?」

リリティアが、ぷくうと頬を膨らませた。

「ご、ごめんなさい……?」

「キス!」

「へ?」

「どうして、敵であるルルンさんとキスなんてしたんですか!」

「お姫様を助けた後に口づけ、これが定番よ! わたしが、お姫様!」

「弟クンにそういうのは早いよ! まずはお姉ちゃんで練習しないと!」

三者三様。主張は微妙に異なるものの不満があるようで、ずいと顔を近づけて来る。ヒグレのベッドへ乗り、押し倒す勢いで迫る。

「ちょっと待ってくれ？　あれはキスというか、魔力過食症を起こすためのもので、別にそういう意図はないからな！」

「弟クン、言い訳は良くないとお姉ちゃん思うな」

「……はい」

「マイヒメちゃんやミスティちゃんならともかく、敵とキスするなんてダメに決まってます！」

「……うす」

「ヒグレ君、本来ならこれは極刑よ。お姫様は寛容だから、そうはしないけど」

「……あい」

仕方ないじゃないか。あれ以外の方法は思いつかなかったのだ。むしろ、ナイス機転だと褒めて欲しいくらいだ。いいや、わかっている。理屈ではないのだろう。わかるよ。わかるけどさあ……なんて思いながら、ヒグレは頭を抱える。

「でも、今回のことでヒグレさんには本当に感謝しているんです。本当にカッコよかったですよ。ヒグレさんは、私の英雄です」

リリティアは頬を赤らめながら、言った。

「だから、感謝と上書きの意味もこめてちゅーしましょ！　ね、ヒグレさん！」

「目が怖い……」

両手をわきわきと戦慄《わなな》かせたリリティアは、口を開いて八重歯を煌《きら》めかせる。糸を引く唾液と、柔らかそうな舌。キスをしようとする者の口の形ではなかった。

「弟クン！　弟はお姉ちゃんとキスをするものだと、この世界では決まっているの！　だから、おいで」

「お、おい……もう騙《だま》されないからな？」

柔らかそうな唇に、長い睫毛。豊かな双丘が強調され、たおやかな指がヒグレの胸元を這《は》う。思わず、ごくりと生唾を飲み込んだ。

「ヒグレ君、わたしにできることなんて限られているけれど……感謝の気持ち、ううん、それ以上の気持ちを受け取ってほしいわ」

「……マイヒメ」

マイヒメは無表情をふと崩し、優しい笑みを浮かべる。狐耳《きつねみみ》をぴこぴこと動かし、尻尾はせわしなく左右に振られていた。綺麗《きれい》な鎖骨のラインと、控えめな胸。紅の瞳は切なげに揺れている。

一度に三人に迫られ、どうにもできないヒグレ。

なんだか、デジャブな状況だった。

リリティアはヒグレに馬乗りになって正面から。マイヒメは右手側から四《よ》つん這《ば》いになって迫り、ミスティはベッドに腰かけて左手側から身体《からだ》を密着させて来る。

逃げ場はない。

羨ましい展開だと思うだろう？

だが、主人公初心者のヒグレには、この状況を楽しむ余裕などなかった。

（わからない！　正解がわからない……！）

こうしている間にも、三人はヒグレへ顔を近づけて来る。

「あの、気持ちはめちゃくちゃありがたいんだけどさ、まだ病み上がりだから……手心をね？」

しかし、三人に止まる様子はない。

それぞれヒグレしか見えていないと言わんばかりの妖しい瞳を輝かせ、迫る。

くらくらするような甘い香りと、柔らかな感触と、高鳴る心臓。

美少女とキス。嫌なわけがない。

ただ、ヒグレは自分の魔力総量の限界を把握していないのである。霊崩災害《れいほうさいがい》の話が本当なら、ヒグレが消費した魔力が回復するのにはとてつもない時間がかかる。ヒグレの器がどれだけ大きかろうと、有限であれば終わりがくる。

ヒグレの魔力が無尽蔵ではないことがわかったら、本当にただちょっと魔力が多いだけのヤツだという認識になってしまう。それだけは避けたい。次の魔力譲渡が上限かもしれ

ないのだ。みだりにキスなどできないのである。

だが、甘い香りに惑わされ、思考は正常に回ってくれない。

いいだろうか？　今日くらいは流されてしまってもいいのだろうか？

「ヒグレさぁん」

「ヒグレ君？」

「弟クン♡」

甘く囁かれ思考はオーバーヒート。

押し倒されたヒグレは、三人の美少女に唇を奪われたのだった。

◇

ベリア王国。王都リリアアラ。

王国魔道特別部隊ナインナンバー、第一分室。

「どうしてこんな……ッ、許せません！　許しませんわッッ！」

ナインナンバー隊長――ハランはデスクの上に積まれた書類を投げ捨てる。深く椅子に腰かけ、綺麗になったデスクの上に足を置いた。腕を組み不機嫌そうに歯ぎしりをする。

「うっわぁ、いつになく荒れてるねぇ。育ちの悪さが出てるよー」

土精種《ドワーフ》の少女——カーヤの言葉に、ハランがキッと鋭い視線を向ける。

カーヤは「こっわぁい」とおどけた様子で、ソファに身体を投げ出した。

「あんま煽《あお》らないであげて。上に随分絞られたみたいだしさ。かわいそーじゃん？」

カーヤの正面に座った猫人種《ウエアキャット》の少女——ルイルイが気だるげにため息をつく。

今回のマイヒメ・ヒイラギの処刑における段取りは、全てナインナンバーに一任されていた。王国騎士たち等の人員もある程度自由に使える権限を与えられていたし、処刑までの日数が不自然に早かったことを除けば、不満などなかった。

油断もなかった。竜撃の姫・ルルンを護衛に置いたのがその証拠だ。

それがあえなく失敗。ナインナンバーの信用は失墜し、ハランもお偉いさん方に相当絞られた。ナインナンバーの特別権限も効力を弱められ、今までほど自由には動けなくなる。

一番腹立たしいのは、つける口実を得たことを喜ぶ、王国騎士団長だ。あの意地の悪いニヤケ面を思い出すたびに、腸《はらわた》が煮えくり返る思いだった。

「クソッ！　どいつもこいつも……おぶち殺して差し上げたいですわね」

「ルルンのことは責めないであげてよ？　ルルンが無理だったなら、ウチらの誰がいても勝算は薄かっただろうしさ」

「わかっています！　仲間一人に責任を押し付けるほど、落ちぶれてはいませんわ。見てなさい、希少種のゴミカス共。絶対にクソ根絶やしにしてやるッッ」

怒りの形相を浮かべたハランは、踵落《かかとお》としでデスクを叩《たた》き割る。それでもまだ気は晴れないようで、立ち上がって何度もその残骸を踏みつぶしていた。

「わー。こっわぃ。ハランちゃん素が出てるよー、素！」

「ま。今回でウチらも学んだっしょ。さすがに、ルルンに頼り過ぎなワケ」

「だよねー。真面目に戦力増強考えた方がいいと思うなぁ。あたしも、そろそろちゃんと動くか〜」


当のルルンは、ハランたちのやり取りを、どこか遠くのもののようにぼうっと聞いていた。時折唇に指を這わせ、慌てて離す。

「……気持ちよかった」

ヒグレにキスをされた時のことを思い出す。

ヒグレの荒々しい熱がルルンの器を埋め尽くす感覚。

身体の全てを彼が支配し、溢《あふ》れるほどに魔力を注ぎ込まれた。

そこには、苦しさと紙一重の言葉にならない快楽があった。

何より、レーヴァテインを抜いての敗北なんて初めてのことだった。

「もう一度会えますかね……。って、ダメです！　彼は敵なんですから。希少種なんかとつるんでた人なんですよ？　悪い人に決まってます……ぅ」

口を衝《つ》いて出た言葉を掻《か》き消すように、慌てて首を左右に振る。

彼は王都に大損害を与えた、許されざる敵じゃないか。

敵なのに……どうしても、頭から離れてくれない。

キスした時のことを思い出して、何度も唇に触れてしまう。

「でもでも、あの人は人類種《ヒューマン》ですし……もう一度会えたら、その時は――いいですかね？」

窓の外。快晴を見上げ、ルルンは小さく言葉を漏らした。

あとがき

はじめましての人ははじめまして。

『あま魔世』を書いた人です。

幼い頃、私はよく悪夢を見ていました。別に悪夢に魘《うな》されること自体は今もしばしばあるのですが、幼い頃、具体的には小学生の途中くらいまでは、特にその頻度が高かったように思います。どの程度から悪夢と呼ぶのかは人によって判断がわかれそうですが、まあ、あまりいい夢というのを見た覚えはないかもしれません。だから、私としては夢など見ないに越したことはないわけです。気づいたら、朝。それが理想。

閑話休題。

幼い頃に見ていた悪夢の話です。その中で一つだけ、今でも記憶に残っているものがあります。夢とは少し時間が経《た》てば忘れてしまうものです。しかし、特に何かに書き留めたというわけでもないのですが、その夢だけは鮮明に思い出すことができます。底の見えない大きな大穴があります。直径は、そうですね、野球場くらいはあったように思います。深くて、暗くて、自然にできたと言うよりは少し縁が整備されたような穴だった気がします。私はその穴を覗《のぞ》き込んでいます。私以外にも、何人かの人が同じように穴を覗き込んでいます。私は彼らに話しかけることはなく、彼らも他の誰かに話しかけることはありませんでした。彼らは、順番に穴の下へ落ちていきます。騒ぎ立てる様子はなく、自らの足で落ちていくのです。そして、何人かを見送った後、ふと私の番だなあなんて思うわけです。私は足を踏み出します。あ、落ちた。

と、ここで大体目を覚まします。

今思えば不思議な夢です。あれは何だったのでしょうか。

私は、まあ、その夢が、それ以外にも悪夢は見ていたので、夢を見るのが怖くて、寝るのが嫌いな子供だったように思います。一度意識を沈めたら、二度と戻ってこられないのではないかと考えていたのです。今では、そんなことはなく、むしろ寝ることは好きというか、小説を書くことを考えても睡眠時間をむやみやたらに削るのは却《かえ》って効率が悪いので、寝るようにしていますが。あれかな、もう、夢よりも現実の方が怖くなってしまったのかもしれませんね。

以下謝辞です。

前作の刊行から、今作の立ち上げまでご助力くださった担当様。素敵なイラストを付けてくださったあゆま紗由《さゆ》先生。私の拙い文章を正してくださった校正様。その他、出版に関わってくださった全ての人に感謝を。

何よりも、本作を手に取ってくださった貴方《あなた》に最大級の感謝を送ります。

OVERLAP

ありあまる魔力で異世界最強 1
ワケあり美少女たちは俺がいないとダメらしい

発　　行　2024年7月25日　初版第一刷発行

著　　者　十利ハレ
発 行 者　永田勝治
発 行 所　株式会社オーバーラップ
〒141-0031　東京都品川区西五反田 8-1-5
校正・DTP　株式会社鷗来堂
印刷・製本　大日本印刷株式会社

Printed in Japan ISBN 978-4-8240-0880-0 C0193

作品のご感想、ファンレターをお待ちしています
あて先：〒141-0031　東京都品川区西五反田 8-1-5 五反田光和ビル4階　ライトノベル編集部
「十利ハレ」先生係／「あゆま紗由」先生係

PC、スマホからWEBアンケートに答えてゲット！
★この書籍で使用しているイラストの『無料壁紙』
★さらに図書カード（1000円分）を毎月10名に抽選でプレゼント！

▶https://over-lap.co.jp/824008800
二次元バーコードまたはURLより本書へのアンケートにご協力ください。
オーバーラップ文庫公式HPのトップページからもアクセスいただけます。
※スマートフォンと PC からのアクセスにのみ対応しております。
※サイトへのアクセスや登録時に発生する通信費等はご負担ください。
※中学生以下の方は保護者の方の了承を得てから回答してください。

オーバーラップ文庫公式 HP ▶ https://over-lap.co.jp/lnv/